町田康

男の愛

俺たちの家

Machida Kou × Shimizu Jirocho

左右社

男の愛

俺たちの家

目次

最終的には銭金

天保十三年六月。昔、清水で面倒を見た今天狗、寺津治助方に腰を落ち着けた次郎長はあっちの賭場に顔を出し、こっちの高市《たかまち》に出張って行き、するうちに寺津ではすっかり兄哥株、また、元は備前・岡山藩の侍で今は土地の博奕打になっている小川武一のところへ通って剣術を習ったから、もともと度胸があったところに腕もできるようになって、どこへ行っても、「兄哥、兄哥」で通る。

また、治助のところには旅人《たびにん》も大勢やってくるからその旅人の口を通じて、

「寺津の治助っつぁんところの次郎長ってのはいい男だな」

「抱かれたい」

といった評判が伝わって、大いに名前が売れた。

生産能力も生産基盤も持たない、ただその威名・威勢だけで飯を喰っている、やくざにとってこの、名前が売れる、というのはなにより大事なことで、出世前のやくざはなんとかして名前を売ろうとした。「あの野郎、近頃、売ってやがるな」というのは、その名前

が多くの人に知られ始めた。メジャーデビューした、みたいな意味である。

そういう意味では次郎長は順調にやくざデビューを果たしたというわけである。

しかしなんでもそうだが、デビューするだけなら誰にだってできる。問題はデビューした後、どれだけ順調に活動を続けられるかで、いくら華々しくデビューしたところで、その後が続かなければ、早くも翌年には、「あー、そう言や、そんな奴いたっけなあ」てなことになってしまう。そうならないためには、やくざだってなんだって、普段の地道な活動、たゆまぬ努力がなによりも大事なのである。


という訳で天保十三年六月の暑い日、次郎長は鶴吉という若い者を連れて渥美郡の堀切というところに向かっていた。

鶴吉は言った。

「このところすっかり暑うござんすが、こんちはまた格別でござんすね」

「あー、そりゃそうだが、こんなことで音を上げてちゃあ、やくざは務まらねぇ。黙って歩け」

「へぇ、すいやせん。けどなんだねぇ、そういうとこがさすが兄哥ですね。惚れやすぜ。二の腕、触っていいですか」

「よせやい、暑苦しい」

「けどなんだね、今日はまた借金の取り立てだっつうから蹤いてきたが、なーに、相手は堅気の旦那じゃねぇか。俺たちが行ってちょいと脅かしゃあ、すぐに出すんだ。なにも兄哥が出張ってくるほどのことじゃねぇと思うんすがネー」

と鶴吉が言うのを、「ま、そうもいくめぇ」と次郎長、軽くいなしてそれきり黙ると、いっそう早足で歩き始めた。

と、ここがいま言う地道な努力であって、星、すなわち博奕場でのカネの取り立てなどというのはやくざの本業のようなもので、ちょっと名前が売れたからといってこれを疎かにし、鶴吉やなんかに、「俺も忙しいから、おめぇ行って精算してこい」なんて言うようであれば出世は覚束ない。

そもそも、やくざの収入源はカスリ則ち縄張りにしている賭場から上がる手数料収入であったが、これ以外に、自分自身が勝負をして得る収入というのもあった。だけども勝敗は時の運。勝つときもあれば負けるときもある。負けたらその負けた分を支払わなければならないのは悲しいことだが、じゃあ勝てばそれでよいか、というとそういう訳でもなく、勝った分を負けた奴から取り立てねばならない。

ところがこれが意外に大変なことで、無い袖は振れない、と開き直られれば、そもそも博奕は違法行為なので公の力に頼ることもできず、かといって殴ったところで一文にもならず、星の取り立てなんていうのは本当に難しかった。

というかそもそも次郎長が人を殺して清水にいられなくなったのも、この星の勘定を廻ってのいざこざで、やくざのトラブルの殆どは、この星をめぐっての争い、であったのである。

ゆえ、こういうことは疎かにしてはならず、きっちりとケジメをつけていかなければならない。次郎長はそのように考えていたのであった。

しかも、今回の星は、やくざ同士のしょぼい貸し借りではなく、百八十両、今の金高に直せば、一八〇〇万円にもなろうかという大金であった。

相手は渥美郡堀切の何左衛門という金持で、暇日、次郎長は次郎長が胴を取る賭場で、この何左衛門と一対一の勝負をして勝ったが、「いまは持ち合わせがない。後で届けるから少々待って呉れ」と言ったので、「よろしゅうござんす」とこれを承知したのである。

ところがこの何左衛門が、いくら待ってもカネを届けてこない。

それもそのはずでこの何左衛門、金持ちと灰吹きは溜まるほど汚い、なんて言うが、まったくその通りのけちん坊で、出すものは舌も出したくない、という男。百八十両という大金、おいそれと出す訳もなく、「まあ、取りに来たら、相手はやくざ。殴られて怪我をするのもつまらないから半金くらいは出そう。残りは後で払う、かなんか言って有耶無耶にして誤魔化しちまおう」なんて思ってる。

ところがそんなことは知らない次郎長、

「このままにしておくと為にならねぇ。わっしの名前にもかかわる」

とこの日、鶴吉を連れて出て来たのであった。

「ええっと、たしか、このあたりに、ああ、あれでござんすよ。あの松並木の向こうの大きな屋根の」

と、堀切にやって来た次郎長、街道に立って鶴吉の指さす方《かた》を見るなれば、ほんに大きな屋根の家、思わず、

「あんな、大きい」

と呟いた。

「へぇ、何左衛門は近在でも指折りの金持ち・物持ちでござんすよ。さ、行きやしょう」

大百姓屋であった。

大きな門をくぐって中に入ると右手に作業小屋が幾棟かならび、反対側の隅に土蔵が二棟あった。黒松の大木が土蔵の屋根に枝を伸ばしている。

次郎長と鶴吉は母屋の土間に入って、「ごめんなすって」と声を掛けると、奥から、

「なんだ。誰だ」

と何左衛門本人が出てきた。五十がらみのあばた面、でっぷり肥って、木綿の縞ものに細い帯、すそから足がニュウと出て、灸の痕が見える。あがれとも言われないから次郎長、土間に立ったまま、

「……って、訳で何左衛門さん、賭場のヒャッキン壱百八拾両、耳を揃えて払って頂きてぇんですが、どんなもんでごぜぇやすかねぇ」

と飽くまでも下手から言うと、黙って聞いていた何左衛門、

「なにを言いやがるのかと思ったら賭場の借金、百八十両を払え、と、おまえさん、こう言うのかい」

とえらい剣幕。次郎長、戸惑うて、

「ええ、貸したものですから返していただきやしょう」

と言うと、何左衛門、ぶち切れた。

「言いがかりはよしにして貰おうか。私も堀切の何左衛門様だ。やくざ者なんてなあ、ちっとも怖くないんだよ。いいか。よく聞け。その百八十両、俺はこないだけぇした。それをまたぞろ取りに来るなんてなあ、体のいい強請・たかりじゃないか。おいこら、寺津の今天狗、治助の身内が堅気の百姓相手に強請・たかりを働こう、ってのかい」

とそう言われて次郎長、なにがなんだかわからない。

「そ、そりゃあ、何左衛門さん、聞き捨てならねぇ。わっしは貸した金を返してくだせぇ、とこう言ってるんですよ」

「とぼけるんじゃない。おい、次郎長、よく聞け。その金はなあ、こないだおめぇの兄弟分、治助が来て、『いますぐ俺に八十両払って呉れりゃあ、残りの百両は俺が次郎長に負

けてもらうようにそう言うがどうなさいやす』ってぇから、私はその場で治助に八十両渡して、それで借金はチャラになっているはずだ。それをまた取りに来るなんてのは、どう考えても話がおかしいじゃないか。違うかい、えっ、黙ってないでなんとか言ったらどうだい」

と初めて聞く話をされて次郎長はすぐにピンときた。

「はーはーん、治助の野郎、やりゃあがったな」と思ったのだ。

実は次郎長、何左衛門と勝負をして百八十両勝った夜、治助と一杯やりながら、

「実はこうこうこうこうこういう訳だな。堀切の何左衛門にゃあ百八十両の星があるのよ」

と話をした。そうしたところ、「あー、そうかい」と言ってそれでその話は終わったが、何日か経ってから、

「ところで、あの堀切の何左衛門の星はどうなったい」

と聞くから、

「ナーニ、あれっきりよ」

と答えると、

「あいつあ、名うての吝ん坊、なかなか取るのは難しい、なんだったら兄弟、俺が行ってきてやろうか」

「お、そら心強ぇが、まずは俺が行ってみよう。それでうまくいかなかったら、またそんときゃあ頼むぜ」

「あー、そうかい。じゃあそうしよう」

ってことになったンだが治助の野郎、なにか金の要ることがあって俺に断りなしに、勝手に取りに来て、勝手に百両負けて八十両をてめぇの懐に入れやがったにちげぇねぇ。ふてぇ野郎だ。

とそうわかった以上は仕方がない。

「あー、そうでしたかい。そりゃあ、こっちの手落ちだ。相すみやせん。また遊びにいらしゃい。そいじゃ、御免なすって」

と帰るのもひとつの見識なのだけれども、先ほどから次郎長、こっちが下から出ているのをいいことに、居丈高で憎々しげな話ぶり、持参するという約束を果たさなかったのにもかかわらず悪びれない様子にも腹が立っていたので、よしここは少々、懲らしめてやろうと、ここで初めて尻《けつ》を捲って、

「やかましいやいっ」

と喝叫、相手の態度が急に変わったのを見て、やや怯えつつ猶、強気に、

「な、なにがやかましいんだ」

と頬を膨らませる何左衛門の、その腕をぐっと強い力でとらまえて、

「金を貸したのは誰だ。俺じゃねぇか。俺に借りておいて、他の奴に返すってなあ、こらあ、こらあ、一向、筋が通らねぇ。ましててめぇが口で返したというだけで受取りひとつある訳じゃなし、おい、こら何左衛門、汝《うぬ》は、うまく騙したつもりかも知らねぇが、こちとらやくざ者、そんなチンケな嘘に騙されるもんじゃねぇんだぜ、おうっ。さっ、四の五の言わず、壱百八拾両、耳を揃えてけぇせ。おらあ、受け取るまで、ここを一寸だって動かねぇぜ」

と啖呵ァ切った。

陰茎の揺れ

何左衛門は、

「なにをするっ」

と大声を上げた。

その声を聞いて飛び出してきた何左衛門の家僕たち、何事ならんと見るなれば、なんてぇこったい、やくざ者が主人の手を摑んで、「金を出せ」かなんか言っている。

驚いた家僕は、次郎長たちに見咎められないよう注意しながら、そっと屋敷を抜け出すと、村中の家々に、

「たいへんだー、やくざ者が二人来て、主人を脅してカネをせびっている」

と触れて回った。

今時だったら、これを聞いたところで、せいぜい警察に通報するくらい、多くは後難を恐れて聞かなかったことにするか、せいぜいスマホで撮影してSNSに上げるくらいで、積極的に救援するということはない。だけれどもこの頃の村は共同体としての結びつきが

ずっと強く、自分たちの村は自分たちで守る、という自治意識が強いから、

「俺たちの村に来て乱暴狼藉とは太い奴ら。いくら、やくざ者と言ったって、なーに、相手はたった二人、俺たちの村で勝手なことをさせてなるものか」

と、家々から男だち、めいめい割り木・棍棒といった得物、或は猟銃を手に大勢で何左衛門の屋敷に急行、土間に踏み込むと、手にした得物を振りかざし、何左衛門を捕らえて放さず談判を続けていた次郎長に向かって、

「やい、盗賊。その手を放せ。放さないとぶち殺すぞ」

と怒鳴り、銃を持った者はこれを構え、次郎長の胸のあたりに狙いをつけた。それに対して鶴吉が、

「なんだと、てめぇら。誰が盗賊だ。俺たちゃあなあ、貸した金を返してもらいにきたんだ。盗賊じゃあ、ございせんよ」

と言い返す。そうしたところ、押しかけた群衆の一人が、

「なにを吐かしゃがる。俺ぁ、道々に聞いたぜ。その星はもう返したってじゃないか。返したものをまた取りに来る、ってのはそりゃあ、盗っ人と同じだで。なあ、みんな」

と言い、全員がそれに呼応して、

「そうだ、そうだ、盗っ人だ」

「卑怯者だ」

「人間の屑だ」

「死ねばいいんだ」

「やーい、やーい、屑、屑」

と罵り、最後に銃を構えた男が、

「死にたくなかったら、さっさと帰れ。今、帰ったら命ばかりは助けてやる。帰らないのなら、俺がこの鉄砲で撃ち殺してくれる。さ、どうする、盗っ人」

と凄んだ。

これはやくざにとって二重の恥辱であった。

ひとつは、切った張ったの暴力的な世界に生きて、一般市民に恐れられるはずのやくざが、あべこべに一般市民に威嚇される、という不面目で、これはまあ当たり前の話。ただもうひとつは説明しないと分からないが、盗っ人呼ばわりされたことで、やくざ者は無法者で、犯罪者集団であったが、だからといってあらゆる犯罪に手を染めた訳ではなく、賭博、傷害、放火、殺人のようなことはしたが、窃盗は行わなかった。

もちろん遵法精神に乏しい者の集まりだから、博奕に負けて借金ができてどうにもならなくなった挙げ句、なかには盗みを働く者もあるにはあったが、そういう者は仲間内で軽蔑されたし、当人も盗みを働いていることはひた隠しに隠した。

「おい、聞いたかい、あの野郎、盗みを働いた挙げ句に、それがばれてしょっ引かれたらしいで」

「そうかい、やくざの風上にも置けねぇ野郎だな」

とみなに言われ、やくざ社会での評判を落とすからである。

そんなだから、盗っ人呼ばわりは次郎長にとって、弱いと言われるのと同じくらい、いや、それ以上の恥辱であった。

だからもし、

「おい、聞いたかい。寺津の治助ンところの、清水の次郎長てのは盗っ人だで」

なんて話が界隈に広がったら次郎長の評判は地に堕ちる。だからそれだけは絶対に認められない。

その一方で村人たちがなんと言っているかというと、「盗っ人であることを認めて直ちに立ち去れ。立ち去らなければ撃つ」と言い、銃を擬しているのである。ということは立ち去らなければ射殺されるということである。それははっきり言って嫌なことである。といって、立ち去れば自分が盗っ人であることを認めたことになり、それも嫌である。とはいえ、それをやったらこれまで努力して築き上げてきたポジションを失う。

なんて、様々に葛藤はするものの、なんだかんだ言って最終的には、命あっての物種。ここは一旦引き下がって、後日、失地回復を図る、というのが普通の考え方で、隣の鶴吉も、次郎長の袖を引っぱって小声で、

「兄哥、ここはいったん帰りやしょう」と言った。

ところが次郎長、目を閉じて動かない。

その様子を見た男たち、ますます嵩に掛かって、

「なにをぐずぐずしている。早く出て行かないか」

と怒鳴った、
その刹那である、次郎長は、くわつ、と目を見ひらき、

「誰が盗っ人だ。やいこら。てめえたちゃ、俺を誰だと思っていやがる。てめぇらなんざ、俺が、ぐっ、と睨みゃあ、目が眩んで、バタバタバタ、と倒れちまう。なんでか、だとお？　俺の体にゃ、讃岐の金比羅様が宿っているからよ。その俺が、てめぇら土百姓のひょろひょろ弾を怖がるとでも思ってるのか、この、生まれ損ない、さ、撃て。さっさと撃て。俺は死んだってこっから動かねぇ」

と喝叫した揚げ句、帯を取り、着物を脱ぎ、下帯もとると、土間にどっかと大胡座をかいた。

これはやくざがよく使う手であった。どれほどボコボコにしてやろうと思っていても、こうやって赤裸、すなわち無抵抗の極限の姿を見せられると人間は不思議と暴力は振るえないものなのである。

なぜなら「こうして生まれたままの姿をさらすくらいだから、もしかしたらこいつにも

一片の正義、一片の誠があるのかもしれない」と思うからで、やくざは、いよいよ絶体絶命となると、こんな恰好になって、「煮るなと焼くなと好きにしやがれ」と啖呵を切る。

そうすると相手も、「ま、ま、ま」となって一旦は矛を収めるのである。

この場合もこれが功を奏した。次郎長の胸に銃を擬していた男は、

「裸の人間は撃てない」

と言って銃を下ろし、余の者も、

「あそこまでするのだから、彼奴にも言い分があるのかも知れない」

「そもそも何左衛門さん、ケチだしね。っていうか、なんか、冷めた」

「俺も」

「じゃ、ちょっと一回、当人同士で話させますか」

「ですね。外で待って居ましょう」

ということになり、

「じゃ、何左衛門さん、俺たち、外に居ますんで、危ないときは呼んでください」

と言ってゾロゾロ外へ出て行った。

そして土間には次郎長、鶴吉、何左衛門とその使用人が残された。いままで自分を擁護してくれていた衆がいなくなり、急にがらんとしてしまったことに不安になったのか、何左衛門はこれにいたって態度を軟化させ、

「次郎長どん。おまえさんの言い分はわかった」

と言った。立ち上がった次郎長は陰茎をブラブラさせながら言った。

「わかったなら、さあ、壱百八拾両、ここへ並べやがれ」

「さあ、そこだな。私は本当に治助さんに八十両。返したんだ。こらもう、絶対に嘘じゃない。そしてその時、治助さんは、念を押す私に、『ナーニ、心配はいらねぇ、後の百両は俺が清水にうまく話をつけますよ』と言ったんだ。これも嘘じゃない。嘘だと思うなら寺津ぃ戻って治助さんに聞いてみるがいい。だから次郎長どん、お願いだ。いや、八十両でチャラにしてくれとは言わない。お前さんには後、百両返す。治助に八十両、合計百八十両、ということでどうか勘弁していただけないか。この埋め合わせはいずれ必ずする。な、だから頼む、次郎長どん、この通りだ」

とそう言って何左衛門は土間に降り、裸でふんぞり返る次郎長の前に座ると、土間に両の手をつき、額をこすりつけて、「頼む、頼む」と言って、そして拝むように掌をこすり合わせた。

これを見た、何左衛門の使用人は驚愕した。

当時の常識からして、多くの資産を持つ大百姓が一介の渡世人に土下座をするなんてことは絶対になく、それを今にたとえて言うなら、売上高二十八億くらいの東証二部上場企業オーナー社長が高円寺のバンドマンに飯を奢ってもらうようなもので、絶対にあり得ない。

そんなあり得ないことを、何左衛門はカネを払いたくないという一心からやった。

ドケチの極北である。

だから、ケチだケチだとは思っていたがここまでとは思わなかった、と使用人は驚愕した。普段、百姓を堅気の衆と呼んで気を遣っている鶴吉も驚いた。けれども次郎長は表情を変えず、立ったまま之れを見下ろし、そして言った。

「なるほどな。治助に払った八十両を負けて呉れ、と恁う言うのかい。そりゃあまあ、わからないでもない」

「じゃ、負けてくださるか」

と、頭を上げて縋るような目で次郎長を見た。次郎長は冷然と言った。

「だめだ」

「なんで駄目なんだ」

これに至って次郎長は、

「なんでだめだだとお？　ふざけやがって。いいか、てめぇはなあ、こともあろうにこの俺を盗っ人呼ばわりしたんだ。それがなきゃあ俺だって考えねぇでもねぇ。だが、てみゃ、この俺を盗っ人と言った。それを言われたこの上は、てめぇがたとえ治助に百八十両けぇしていたとしても、そらあ俺には関係ねぇ、俺は俺でそっくり百八十両、けぇしてもらうぜ。いいか、何左衛門さんよ、俺はなあ、百八十両が鐚一文欠けたって許さねぇ。なにがあっても百八十両、耳を揃えてけぇしてもらうつもりだよ。わかったか、おいっ」

と再び喝叫した。それに合わせて腹が波打ち、陰茎が揺れた。何左衛門、唇を噛んで横を向いた。

侠名

居丈高に上から言っても駄目、衆を恃んで銃で脅しても駄目、下手に出て土下座しても駄目。

「なにがなんでも壱百八拾両、耳を揃えて返せ」

そう言って譲らぬ次郎長に万策尽き果てた何左衛門、横を向いて暫く考えていたが、やがてさばさばした口調で言った。

「わかった。じゃあ、返そう」

「おー、そうか。じゃ、返せ」

「ただし、ここじゃ返せない。高木まで付き合ってくれ」

「高木」

とそう問い返したとき、次郎長は既にピンと来ていた。

高木というのは何左衛門屋敷がある堀切から二里許行った処だが、ここには友吉というやくざ者が居て、何左衛門と付き合いが深い。何左衛門はこの友吉の勢威によって俺に圧力をかけ、借金を負けさせようと企んでいやがるのだろう。

それがわかりながら、しかし腹に答えがある次郎長は言った。

「あー、いいってことよ。高木でも何処でも行こうじゃねぇか」

そう言って着物を着た次郎長と鶴吉と何左衛門は表へ出た。

表には先ほど毒気にあてられて表に出た村の連中が屯していた。その者に何左衛門は、

「あー、皆の衆、ご苦労様。これから高木まで行くことになった」

と言い、鶴吉は、

「さー、そういうこった。さ、見世物じゃねぇんだぜ、散った、散った」

と言った。なので群衆が、「あー、そうか。話はついたのか。よかったな。じゃあ、家に帰ろう。帰って稼業に精を出して働こう。それが家族の幸福、国家の繁栄に繋がる」と言い、三々五々、家に帰っていったかというと、そんなことはけっしてなかった。

なぜなら他人の揉め事はおもしろいからである。

「いやいやいやいやいやいやいやいや、高木までは二里許ある。その途中で何左衛門さんの身になにかあったら村の面目が立たない。ここは私たちも一緒に行った方がいいだろう。すべては何左衛門さんの身を案じてのこと。なにもおもしろがっているわけではない」

と言いながらおもしろがって蹤いていった。

日はまだ高かった。

一行は高木への一本道を汗を拭きながらぞろぞろ歩いた。

燕が空を横切って飛んだ。

それと同時に猟銃を持った男が、次郎長を脅かそうと思い、聞こえよがしに言った。

「ここには、村の衆しかいねぇ。なにも高木まで行くことはない。ここでズドンと一発やっちまえば、なにもかも片が付くじゃねぇか」

男は実際にそんなことをする気はなかった。ただそれを聞いて怯える次郎長の顔を見て、みなで笑ったり、さらなる脅しを言い、嬲りものにするなどしようと思って、そんなことを言ったのだ。

だけれども相手が悪かった。肝は鋼の五枚張り、と謳われた次郎長である。これを聞くや立ち止まり、その銃を持った男に、ぐいっ、と顔を近づけると、

「てめぇ、いまなんと言った」

と言った。男はせせら笑い、なにか言おうとしたが次郎長の気迫に押されてなにも言えず思わず目を逸らした。その男に向かって次郎長はぐっと押し殺した低い声で言った。

「若ぇの。人を殺そうと思うんなら黙ってやれ。殺す前に、殺す、と言ったら相手はどう思うと思う。そうよ、殺される前にこっちが殺そうと思うんだ。てめぇは今、次郎長を殺す、と言った。はは、おもしれーや。殺しねぇ。ただ、俺はそれを聞いちまった。婚礼の日取りを決める相談を聞いたんじゃねぇ、俺を殺す、って話を聞いちまったんだ。そうな

ると、俺だって、黙って殺されやしねぇ。殺される前にてめぇを殺すよりねぇんだが、ことによると俺の聞き間違いかも知れねぇ。聞き間違いで殺されたんじゃ、おめぇが気の毒だ。若ぇの、すまねぇが、いまなんと言ったか、もう一遍、言ってくんねぇか。おいっ、言えよ。おいっ、言えっ」

目の前でそう言われて、その若い奴、怯えてしまって目を合わせることもできない。俯いて地面を眺めたまま黙っている。黙っている許ではない、恐怖の余り小便をジャアジャア垂らして、下半身をズクズクにしている。

これを見た次郎長、これだけ脅かせばもう撃ってこないだろう、と歩き出す。ところがその男、次郎長がもういないにもかかわらず俯いたまま首をあげることができない。なんでそんなことになったかというと、次郎長が余りにも恐ろしかったため、精神的なショックが大きかったからである。

（その後、十年間、俯いた儘、元に戻らず、八五郎という名前のその男は、村の人たちに、「うつ八」と呼ばれた。俯きの八五郎という意味である）。

そんなことがありながら高木の友吉の家に着いた。乾分も何人かいて、なかなかの顔であるようで、鶴吉は、

「なかなかの威勢でござんすね」

と言ったが次郎長は、

「友吉だかなんだか知らねぇが、とにかく返すものは返してもらう。それだけだ」

と譲らない。

そんな次郎長を友吉は自ら丁重に出迎え、

「おー、おめぇさんが次郎長さんか。噂にゃ聞いていたがお目にかかるのは初めて。いい男だって評判だ。さ、さ、あがってくんねぇ」

と座敷に招じ入れ、既に知らせてあったのであろう、用意してあった酒、肴でもって次郎長をもてなした。

「さ、さ、一杯やっつくんねぇ」

友吉はそう言って酒を薦めたが、酒を飲まぬ次郎長は、

「手前、不調法にござんす」

とにべもない。そしてその上で、

「手短に申しやす。手前、何左衛門さんの星をいただきにあがりやした。何左衛門さんの借金、百八十両、何卒、けぇしてくださいやし」

と切り口上で言った。友吉は苦笑して言った。

「さあ、それだ。話はみんな聞いた。その上で、俺から頼みがある。どうだ、次郎長さん、百八十両のうち、先に寺津に払った八十両を負けて、残り百両ということにしてもらいてぇんだが、どうだ」

これに対して次郎長は一切、聞く耳を持たない。

「四の五の言わねぇで払っておくんなせえ。言い訳は聞きたかねぇ。おめぇさんも男なら、俺も男。大の男がここまで足を運んできたんだ。百八十両、受け取るまではけぇれねぇ」

と言い放った。これに次郎長の決意を見て取った友吉は流石だった、

「わかった。おめぇさんの言うのも尤もだ。払おう」

と言って百八十両を次郎長に払った。

どうしても払おうとしない吝《しわ》い屋の何左衛門に百八十両の星を払わせた。これだけでも次郎長の侠名は上がっただろう。しかし、この後、次郎長は驚くべき行動に出た。

「さ、収めてくんねぇ」

と差し出された、カネを置いた盆に手を伸ばし、すっ、と自分の方に引き寄せ、これを懐に入れるかと思ったらさにあらず、あべこべに懐から金包みを取り出すと、これを盆の上に置き、すっと、友吉の方に押しやった。

次郎長が出した金包みは二十五両の包みが四つ則ち百両。これに驚いて、

「次郎長どん、こりゃ、一体どういうこったい」

と尋ねる友吉に次郎長、涼しい顔で、

「僅かばかりだが、間に入ってくれた、その礼だ。どうか受け取ってくんねぇ」

と言うと、

「さ、鶴吉、行こう」

と言い、呆気にとられて口もきけない一同を尻目に、さっさと帰ってしまった。

その瞬間から、筋を通した上に金にきれいな男。そんな評判が、わあっー、と広がって、それから次郎長の株が爆上がりして、次郎長こそは男のなかの男。兄弟分の盃を交わしたい。抱かれたい。という男たちが日本中から寺津方に殺到して凄いことになった。

岩村の七蔵

天保十四年九月。次郎長が寺津の賭場を見回っていると、

「清水」

と後から声を掛けてくるものがあった。今ではすっかり兄哥株となった次郎長はこれがおもしろくなく、

「なにが清水、だ。気安く呼びじゃあがって」

とむかっ腹を立てて振り返ったが、その顔を見て、表情を和らげ、

「おお、気安く呼びやがるから誰かと思ったら吉左さんじゃねぇか。このところ暫く会わなかったが、お達者ですかい」

と言った。

吉左さんと呼ばれた男は三好の吉左衛門。寺津の治助の兄弟分である。となればやくざ社会においては次郎長にとっても親戚、さほど付き合いはなかったが、次郎長はなんとなくこの男が好きで、そのうちゆっくり話がしたい、と思っていた。しかしお互いに見回り

や揉め事の解決に忙しく、なかなかその機会に恵まれなかったのであった。

吉左衛門はその次郎長に言った。

「ちょっと、おまあんに折り入って頼みてぇ事がありましてね。少し許《ばかり》、付き合ってもらえませんかねぇ」

好きな男に頼み事をされた次郎長、一も二もない、

「よろしゅうござんす。お、鶴、てめぇ、俺は今からこの吉左衛門さんと話があるから、まず、あすこに行ってああして、次にあすこに行ってこうして、こうしてこうしてこうするんだぞ。わかったか」

「わかりました」

「よし、じゃあ、俺が今、言ったことをもっぺん言って見ろ」

「忘れました」

「ぶち殺す」

「思い出しました。まず、あすこに行ってああして、次にあすこに行ってこうして、こうしてこうしてこうするんでごぜぇあすね」

「うん、そうだ。じゃあ、行ってこい」

「へい」

と自分の代わりに若い奴を行かせて次郎長、吉左衛門と連れだって、いつも行く「吉田

屋」という茶屋旅籠に向かった。

「邪魔するで」

と言いながら敷居をまたぐ。寺津一家はいつもここんちを贔屓にしているから、

「これはこれは三好の貸元に清水の次郎長様、お揃いで、どうもいらっしゃいまし。これ、早うおすすぎもてこう」

と愛想がよい。

奥の座敷に案内をされて、「みつくろってな」と言うと、やがて酒肴が運ばれてくる。横に座ってなにか愛想を言っている女中を、吉左衛門、下がらせて、障子唐紙をぴったり閉めると、膳を脇に避け、身をグッと乗り出してきた。

「い、いきなり？」

と当惑した次郎長は思わず身を固くした。しかし次の瞬間、吉左衛門は意外な行動に出た。

なんと、畳に両の手をつき、深々と頭を下げたのである。そして頭を下げたまま、

「清水、この通りだ。頼まれてくれ」

と言った。

この言葉に次郎長は感動した。なんでって、ここまで来ているのだ。抱きすくめて押し

倒せばそれで済む話、それをきちんとやくざらしく筋を通して依頼をする。それでこそ男稼業、男の中の男、と次郎長は感動したのである。だから次郎長は言った。

「吉左さん、どうかその手を上げてくんねぇ。おめぇさんの胸のうち、確《しか》と心得た。俺はおめぇさんのそういうところが好きだ。思うとおりにするがいいやな」

次郎長はそう言って横を向いた。

真っ直ぐに吉左衛門の目を見るのが照れくさく、また恥ずかしかったからである。そうしたところ、吉左衛門は、

「そうか、頼まれてくれるか。こらありがてぇ、清水の、礼を言うぜ。ま、ま、ま、とにかくひとついこう」

と横にのけた膳に手を伸ばして銚子を差し出してくる。「成る程、固めの杯って訳か。どこまでも律儀な男だ」と次郎長、これを受ける。

目と目を合わせ、ぐっと飲んで盃をそっと置いて吉左衛門、改まった口調で、

「じゃ、さっそくですまねぇが……」

と言う。先ほどから焦らされてきた次郎長は内心で、さっそくでもねぇや、とっとと抱きやがれ、と思っている。その次郎長へ吉左衛門、

「……詳しい話をさせて貰う」

と続け、「え？ 詳しい話ってなに？」と意外の感に打たれている次郎長に言ったのは、

「美濃の岩村に七蔵という男が居て、この男と喧嘩になった。一応、手打ちをしたんだが、どうにも腹の虫が納まらねぇ。どうにかして七蔵をぶちのめしてぇんだが、親分衆が間にへぇって手打ちをした以上、俺が行くわけにもいかねぇ。そこで清水、おめぇさんに頼みてぇ。俺に代わって岩村に行って七蔵をぶちのめしてもらいてぇ、とこう思ってたんだ。けどねぇ、岩村の七蔵は強い奴、ことによると尻込みして断るかも知れねぇとも思ってた。ところが、どうでぇ、さすがは清水の次郎長さんだ、話を聞かねぇうちから、確と心得た、ってんだからねぇ、ありがてぇ、ありがてぇ。じゃ、頼んだぜ、清水」

という話で、吉左衛門の頼み事というのは、「おまえが好きだから一緒に寝たい」という話ではなく、「むかつく奴がいるからぶち殺してほしい」という話だったのである。

自分の早合点に気がついた次郎長はそのことを愧じ、相手がそのことに気がついていないのを勿怪の幸いに、「お、いいってことよ」と余裕をぶちかまし、その後、岩村の七蔵の風貌や住まい、背後関係などについての、さらに詳しい話を吉左衛門から聞き、

「万事、わっしに任しておきねぇ」

と胸を叩いて吉田屋の前で吉左衛門と別れ、暫く行って、ふう、と溜息を吐いた。

けれども元々、暴れるのは嫌いな方ではないから厄介事を持ち込まれたとは思わない。これで七蔵を完膚なきまでに打ちのめせば、それはそれでまた男が上がる。「さすがは

次郎長さんだ」と皆が思う。出世をする。身内にいい男が集まってくる。「そうなれば、凄くいいよね」と気持ちを切り替えた次郎長、寺津の家でゴロゴロしてる奴に、

「今から岩村の七蔵を斬りに行く。一緒に行きてぇって奴ぁいねえか」

と声を掛けると、血の気の多い若い奴、ここで七蔵を斬れば男が上がる、という計算も相俟って、俺も吾も、と手を挙げるが、次郎長、それを制して、

「一緒に行ってくれるのはありがてぇが、なーに、七蔵ごときを斬るのに、こんなに大勢で出掛けてったってことが世間に知れたら決まりが悪くってしょうがねぇ、それに、大勢のやくざ者が固まって歩いたら目立ってしょうがねぇ。大熊、六太郎、国太郎、と俺の四人で行こう」

と言った。余の者は、

「ええええっ?」

と膨れっ面であったが、しかしまあ次郎長の言うことも尤もなのでこれを了承し、

「じゃあ、まあ、気をつけて殺してきておくんなさい」

と一行を見送った。

寺津から美濃の岩村に至る美濃路は東海道と中山道を繋ぐ山道・峠道である。男を磨く修行として旅をするから、旅人、とも呼ばれるやくざ者は健脚ではあるが、山道を歩いて

楽な訳はなく、四人は、ハアハア言いながら、口数少なく歩いた。

途中、山の中で野宿をして翌日は朝から歩き、暮れ方近くまで歩いた頃。

急に視界が開け、遥か下の方に村落が見えた。大熊が言った。

「えれえ、山ン中だな。アレが岩村か」

国太郎が答えた。

「そってことよ」

「ってことは、あそこに七蔵がいるんだな」

「そうだな」

「じゃあ、そろそろ着るか」

と言って大熊は肩に担いでいた鎖甲、すなわち鎖帷子を両手で持って広げた。

「どうするかね。くだり道とはいえ、まだ大分ある、それを着ちゃっちゃあ、歩きにくいだろう」

とこんだ、六太郎が言い、

「本当にやっけぇなものを」

と呟いた。

厄介なものとは、

「斬り込みにいくならこれに限る、恰度、人数分あるから」

とそう言って、吉左衛門が餞別代わりに呉れた鎖帷子であった。しかしそんなものを着て道中をしたら動きにくいし、歩きにくい。汗もかく。故、荷物として担いできた訳だが、かさばって持ちにくいだけではなく、細かい鎖の輪でできているから重くってしょうがない。

何度、「もういいぜ、捨ててこう」と言ったか知れない。

これがあるために一同の士気はかなり下がってしまった。だが買うとなると高いし、そんなことを言いながら、実戦においては非常に役に立つものなので、捨てるに捨てられず、ここまで担いできたのである。

「じゃあ、まあ、麓で着ることにしよう。今着ると重いから」

次郎長がそう言って一同は鎖帷子を担いだまま、麓の村に向かって峠道を下っていった。

日は山の端に隠れ、あたりは既に薄暗くなりかけていた。

岩村の七蔵襲撃事件の真相

山の中、谷間の小さな村。あたりは既に薄暗い。そんななか、渓川のほとり、後ろに杉木立を背負った一軒の前に四人の男。しきりになかの様子を窺っている。だが、ひっそりとして人の気配がない。「じゃあ、俺たち、裏をみてこよう」と目配せして、大熊と六太郎が裏の様子を探りに行く。すぐに戻ってきて、「やっぱり、ひっそりしていやがる。ただなかに人の気配はした。七蔵がなかに居やがることは間違ぇねぇ」と言う。

「じゃ、斬り込むか」

「おおそうしよう。嫌な仕事はさっさと済ましちまおう。だけどどうしようか」

「なにを」

「だからこの鎖帷子よ。着ていくか」

「そうだな、どうやらなかにゃ七蔵ひとりしかいねぇようだ。だからこんなもの着ていくほどのこともねぇが万が一ってぇことがある。ひょっと七蔵が振り回した刀がブッ刺さるってこともねぇことはねぇ。着て行くに越したこたアねぇだろう」

「よし、じゃあ着ていこう」

と四人、七蔵方の前で、ごそごそ鎖帷子を着始めた。

「なんか、すごい重いわね」

「なんか着にくいわ」

そんなことを言いながら鎖帷子を着て、そのうえから各々、着物を着て帯を締め、刀を差しているところへ、七蔵方から二十七、八の、ちょっといい感じの女が出て来た。

どうやらこの家の神さんらしいのだが、さあこれから斬り込みだ、と気が張っていたところに女が出て来たので、ちょっと気が抜けていたところに、女が愛想よく笑うので国太郎思わず、

「あ、どうも」

と間の抜けた挨拶をしてしまい、それに続けて大熊が、

「こちら岩村の七蔵さんのお宅と伺ってやって参りやした。七蔵さんはいらっしゃいますかい」

と比較的ていねいな口調で言ってしまった。

そうしたところ女、ますます打ち解けた感じになって、

「七蔵は今、ちょいと旅に出ておりますが、もう数日で帰って参ります。旅人さんと、お見受けいたします、何分、山家のこととて大したおもてなしもできませんが、どうかそれ

までご滞在なさって、七蔵の帰りをお待ちいただけないでしょうか」

と言う。これを聞いた大熊が次郎長に言った。

「なるほど、道理でひっそりしていやがると思った。次郎、どうしよう留守だってよ。出直すか」

「うーん、それも面倒くせぇ。仕方ねぇ、折角ああ言ってくださるんだ。待たせてもらおうじゃねぇかい」

「そうかい、じゃ、そうしよう。姐さん、聞いての通りだ。七蔵さんが帰ってくるまで、すまねぇが待たせてくんねぇ」

と大熊が言うのを聞くと、七蔵の女房、パアッ、と顔を輝かせ、

「そいじゃ、お上がんなさいまし」

と一同を招じ入れた。

当時のやくざ社会では旅人はこれを泊めることになっていた。所謂、一宿一飯、というやつである。そしてその家の待遇がよければ、やくざ社会で、「あすこはいい」という評判になり、いざ勢力争いになったときの味方が増える。また、実際に紛争中であった場合は、旅人の腕貸し、といって、一宿一飯の義理を果たすため、その家の乾分たちと一緒に戦う。

だから次郎長たちを旅人とみた七蔵の女房は、これを家に上げたのだが、その待遇はき

わめてよく、酒を出す肴を出す、下にも置かず歓待をした。

その様を見るうち一同は妙な心持ちになってきた。

というのはそらそうだ、自分の夫を殺しに来たとも知らず、一生懸命、酒や肴を用意、愛想よく話相手にもなって、面倒を見ているのである。その女房が酒の代わりをとりに台所に立った後ろ姿を見て国太郎は、

「哀れだぜ」

と言って酒を嘗めた。


そうこうするうちに夜になる。七蔵は今日も帰ってこない。四人の夜具を用意しつつ、女房が、

「ああ」

と嘆息を漏らした。それを聞いて次郎長が、

「姐さん、どうかなさいましたか」

と問うた。女房はそれに対して、

「お客人の前で溜息なんぞついて申し訳ございません。けど、切なくて出た溜息ではございません。今のは安堵の溜息、ほっとしたあまりつい洩らしてしまったんですよ」

と寂しく微笑んで言う。それを聞いた次郎長、内心で、ナニを言いやがる。人殺しが四

人、家に泊まってるんだ。ほっとするもなにもあるものか。と思いながら、

「どうしなすった、なにをほっとしなすった?」

と問うと、女房は答えて言った。

「それについては理由《わけ》を言わなければわかりません。私の夫・七蔵は大前田の英五郎系の濃州やくざです。御存知のように三州・三好の吉左衛門は昔から大前田系と縄張りのことで揉めています。そんなことで何年か前、夫と三好が喧嘩になりました。それについては間に親分衆が入って手打ちになりました。ところが吉左衛門はにもかかわらず、それに納得せず、ことあるごとに敵対して、最近では七蔵を暗殺しようとして、数名でつけ狙っているんです。それゆえ私たちは常に襲撃に対して警戒せねばならず、自分の家に居ながら安心して眠ることができません。ことに夫の七蔵は夜の襲撃に備えて、夜分はけっして家で眠らず、近隣の村々を泊まり歩いているのです。その間、家には女の私ひとり、いたって心細い夜を過ごしておりましたが、今晩はあなた方がお泊まりになって、見れば鎖帷子を着るなどして、とっても勇ましい格好をしていらっしゃる。そんなあなた方がいらっしゃる今晩ばかりは、久しぶりにぐっすり眠ることができると、そう思って、ほっと安堵の溜息を洩らしてしまいました、相済みません。願わくば、どうか居られるだけいらっしゃってください。然うしていただければ夫の七蔵も家に帰ってぐっすり眠ることができます」

そう言うと女房は着物の袖で涙を拭った。

それを見た次郎長、今更、自分たちが何をしにきたか明かすわけにもいかなくなり、

「ああ、そうでしたかい。そりゃあ、よかった。じゃあ、今晩はわっしらが交代で起きて番をしますから、向こう行って、ゆっくりおやすみなさい」

と優しく言うと女房は、

「ありがとう存じます。ありがとう存じます」

と次郎長たちを拝むようにして礼を言って奥にひきとった。

残された四人は暫くの間、無言であった。大分経ってから大熊が、

「なんか、あれだよね」

と言い、またみんな黙り、暫くして国太郎が言った。

「別に俺たち、七蔵になんの恨みもないんだよね」

「そうなんだよ」

と言ったのは六太郎であった。

「そうなんだよ。次郎が行くっていうからなんとなく勢いっていうか、そういう事に参加しておけば後々、なにかと名前も上がるかな、みたいな感じだったからね」

「うん、まあ、そうだね。後、やはりただ単に暴れたかったっていうか。喧嘩、おもしろいし」

「だから、なにも無理に斬らなくてもいいっていうか、あ、忘れてた。鎖帷子、脱ごう、重くってしょうがない」

「そうだね、脱ごう、脱ごう」

そう言って四人は鎖帷子を脱ぎ、そして三人は改めて次郎長の顔を見て言った。

「次郎はどうするよ。頼まれたのはおめぇだ。おめぇがどうしても七蔵を斬らなきゃならねぇっていうなら、俺たちも手伝うが、どうなんだよ。おめぇ、そこまで吉左衛門に義理だてしなきゃならねぇのか」

問われた次郎長は言った。

「そもそも親分衆が間に入って仲直りしたのに、それを蒸し返したのは吉左衛門。言やあ、悪いのは吉左衛門だ。俺は七蔵って野郎は知らねぇし、恨みもねぇ。でもって吉左衛門には恩も義理もねぇ。頼まれたから来たまでだ。けど、話を聞けば聞くほど、亭主を斬りに来たとも知らず、ない銭を工面して、一生懸命、俺たちをもてなしているあの女が気の毒だ」

「じゃあ、どうするよ」

「帰ろう。だけど今日はもう遅い。明日、朝、早くにここを発とう」

「じゃ、そうしよう」

というので其の晩は寝て、翌朝、日が昇らぬうちに、

「急な用ができて、すぐに立たなきゃならなくなった。世話になりました。七蔵親分によろしくお伝えください。さよなら御免」

と言って発とうとする。女房、

「人を遣って、旅人さんが泊まってると七蔵に伝えました。もうそこまで戻ってきてます。なんでそんなに急ぐんですか」

と女房、袖に縋るようにしてこれを止める。一同顔を見合わせて、

「どうするよ、そこまで来てるってよ。待つか」

「バカ野郎。顔を見たら斬らなきゃなんねぇ。さ、こうしているうちにも帰ってくるかも知れねぇ。ぐすぐずしてねぇで、さっさと発とうで」

「よし、そうしよう」

って、逃げるようにして発った。

峠道にかかる頃、国太郎が叫んだ。

「あ、忘れてきた」

大熊が同時に、

「ほんとだ」

と叫び、それから一同、げらげら笑い、

「いいんじゃないか」

と言い、そのまま寺津へ帰った。

同じ頃、七蔵の家では、七蔵と女房が四領の鎖帷子を間に挟んで座り、長いこと黙っていた。

川崎の馬定

弘化元年の暮、次郎長は遠州の森の五郎親分の賭場に遊びに行った。森の五郎はいい人で、やくざ社会に人望はあったが四囲を山梨の巳之助、都田の源八、相良《さがら》の富五郎といった有力な親分に囲まれて勢力を伸ばせないでいる弱小の親分であった。

だけど森というところは太田川の畔、火伏せの神「秋葉山」へ通じる宿場町で、なかなかに賑わっている。だから賭場も立派なものだ。黒光りするような立派な家に、金持ちの旦那が駕籠で乗りつけてくる。大勢の若い者が出てキビキビ働いている。

「うーん。いつ来ても繁昌、けっこうなことじゃネーカ」

次郎長が呟いていると顔見知りの若い者が、

「こりゃあ、こりゃあ、清水の兄哥、よく来たネー。さ、さ、お上がんなさい」

と声をかける。

「お、邪魔するで」

「どーぞ、どーぞ」

と狭い段ばしごを二階へトントントントン。上がっていくと、二階座敷を二間、ぶち抜いて大きないたずらができている。

手前に帳場。二間ぶち抜いた真ん中に畳を敷いてこれの上に白い布が敷いてある。これを「盆茣蓙」と謂った。その畳の両側にお客がいた。真ん中あたりに骰子と紙を貼った小さな籠を持った男がいた。これは「壺振り」である。その向かい側に、盆の進行係のような男が居り、これを「中盆」と謂った。

「ちょっとごめんなさい」

そう言って次郎長、盆の隅っこに座り、二、三番、勝負の成り行きを見て、その後、自分も張り始めた。

次郎長はイカサマの名手であった。細工をした骰子を使ったり、ごく細い、動物の毛のようなものを使って思うがままに目を出し、なにも知らない客から金を巻き上げるのである。

次郎長はいつしかそんな技術も身につけていたのである。

だから。盆の流れ、どの客が勝っているか、負けが込んで熱くなっているか、それを観察する中盆の目配せや身のこなし、などをちょいと見れば、壺振りが次は丁の目を出そうとしているか、半の目を出そうとしているかは、ほぼ予測が付いた。

だが勝負は時の運。それでも負ける時がある。なぜなら壺振りとて百発百中ではないからである。そのようにままならぬ時があるから、思うままに目と出た時の達成感が感じられる。

「博奕は色恋と同じよ」

次郎長はよくそんなことを言った。意のままにならぬからこそ相手に執着するのが恋愛だとすれば、賭博も恋愛も同じことなのである。それを言う時、次郎長の頭の中にはいったい誰の姿が浮かんでいたのであろうか。

この時も次郎長は負けた。もちろん次郎長は玄人だから熱くならない。いい加減なところで切り上げて、階下へ降りていった。そうしたところ知った顔がそこに居た。

丈は高からず低からずの中肉中背、着物は不快な藍微塵、帯は献上博多の一本独鈷、カッと見ひらいた目の奥に悲しみと喜びの回転体が養殖されている。こんな奴は他にはいない。新蔵、通称・武蘇新だ。次郎長は武蘇新に声を掛けた。

「ヨー、新蔵じゃねぇか。久しぶりダネ」

「ヨー、次郎。久しぶりダネ」

二人が再会するのは数ヶ月ぶりであった。だが、抱き合うということはなかった。口を吸い合うということもなかった。いくら太く短く、好き勝手に生きるやくざ者とはいえ、よその家の賭場でそんなことをするほどの無作法はできない。

そんなことをするようではやくざ社会で出世はできない。やくざにはやくざの礼儀があった。それはある意味では一般社会よりも窮屈であった。しかもこの二人は別にそれほど湿った関係ではなかった。利害が一致すれば一緒に行動する。一致しなければ一緒に行動しない。ただそれだけのことだ。ただ、そこにも作法というものはあった。いやさ、美学とも言うべきか。商人のように、「損するんでやめときますわ」と言えぬのがやくざの辛いところである。

こういうところが、「馬鹿でなれず、利口でなれず」というやくざの難しいところであった。だから、

「川崎に馬定って野郎がいて、俺ぁ、野郎にちょいとばかり星がある。ところが野郎、四の五のぬかして返しやがらねぇ。しょうがねぇから川崎まで出張ってやろうと思うんだが、次郎、すまねぇが、一緒に行っちゃあくれまいか。おめぇが居れば俺は随分と心ヅエーんだが」

と頼まれた次郎長は、意図的に乾いた調子で、

「お、いってことよ」

と答えた。頼まれたら断らない。それが自分の利益になるか不利益になるか。丁と出るか半と出るか。〽一天地六の賽の目に、任せたおいらのこの命、ままよやくざは果報者、と唄にある通りに、人生そのものを博奕と考え、人の目に功利主義と映ることは絶対しない。いやむしろ、反功利主義、と言うべきか、「馬鹿を承知でなったやくざ」なら、敢え

て馬鹿なことをする。得をしたいという本音を押し殺して、敢えて損なことをするというレバレッジを効かせることによって得をしようとする。それが失敗したときの追い証は自分の命、というのがやくざのビジネスモデルなのである。

それを踏まえて次郎長は、そんなに親しくもない武蘇新の頼みを引き受けた。

そしてそんなことが切っ掛けで急速に仲がよくなるのも、そもそもが不安で不確かな生を生きているやくざの特徴である。

「ありがてぇ、じゃ頼んだで、兄弟」

礼を言った武蘇新と次郎長はそれから急速に仲がよくなり、だけど忙しさに取り紛れるうちに年が明けて弘化二年の正月の二日、年始回りの途中で行き会い、

「オー、そこにいくのは新蔵じゃねぇか、明けましておめでとうございます」

「オー、次郎、明けましておめでとう。ってのはいいが、例の馬定の星を取らねぇまま、年が明けちまったナー」

「オー、すまねぇ。じゃ、これから行こうじゃねぇか」

「そうだな、正月早々、星の勘定なんて、やくざらしくて洒落てる」

「オイオイ、いくらなんでも洒落ちゃあいねーぜ、ま、いいや、行こう」

「お、行こう行こう」

ってんで気楽な二人、それから川崎へ向かった。

いま川崎というと、神奈川の川崎を思い浮かべる人が多いかも知れないが、この時、次郎長と武蘇新が向かったのは、遠江国榛原郡川崎村、いまで言うと牧之原市静波あたりである。村の真ん中に勝間田川という川が流れ、駿河湾に注いでいる。小さな村ではあるが東海道藤枝宿と相良城を結ぶ田沼街道が通っており、そこそこに盛っていた。

だからこそ馬定のような博徒という余計者が生息していられたわけで、真に貧しい地域には博徒はおらなかった。上州に博徒が多いのも養蚕で儲かっていたからであり、甲州は甲州街道で江戸とつながり流通経済が発達、東海道に博徒が多いのも、この地域が豊かで余剰の収入があったからである。

まあそれよりなにより人間の根底に、博奕をしたい、という気持ちがあるからではあるが、それはいいとして、とにかくそういうことで、次郎長と武蘇新は川崎にやって来た。

「ナンデー、やけに魚くせーところだな、それでどこなんデー、その馬定って野郎ン家は」

「ええっとな、確か、ここら辺、あー、そこだそこだ」

と武蘇新が指さしたのはくすぶったような仕舞屋、「じゃ、行こう」と武蘇新が先に立ち、戸に手を掛け、建て付けが悪いとみえて、ガラガラ、とは開かない、ガタピシ、と開けて、

「邪魔するぜ」

と声を掛けた。そうしたところ奥から出てきた馬定、

「誰だ」

「新蔵だ。星をもらいに来たぜ」

「なんだと、星だと、この間抜け野郎。金はねえ、帰れっ」

「なんだと、もっぺん言って見ろ」

と声を荒らげたのは武蘇新、次郎長はその後ろに立って黙っている。そして「もう一遍言ってみろ」と言われた当の馬定は人を小馬鹿にしたような口調で言った。

「だからさっきから言ってるだろう。ねぇんだよ。ねぇものは払えねぇんだよ。な、わかるか、あれば払える。ねぇと払えねぇ。そういうことだ、わかったか。わかったらけぇんな。けえってまた日を改めてくるがいい」

「じゃ、いつ頃、くればいいんだよ」

「そうさな、俺もいつまでこうしちゃいねぇ、再来年の春頃にきてみねぇ。ことによると払えるかも知れねぇ」

なんてふざけた事を言う馬定に武蘇新は怒り狂い、

「なんだと、この野郎。巫山戯《ふざけ》やがって」

と怒鳴って胸倉を摑んだ。胸倉を摑まれた馬定は、

「てめぇ、なにしやがんだ」

と手探りで脇にあった鉄瓶を摑むとこれで武蘇新の頭を殴った。鉄瓶と言えばこれははっきり言って鉄の塊である。そんなもので頭を殴られたのだからたまらない、武蘇新は、

「てててててっ」

と叫び、頭を押さえて蹲った。額がパックリ割れてダラダラ血が流れた。

これを見た次郎長は、いよいよ自分の出番だ、と思ったが、相手は手に鉄瓶を持っている。自分もあれで殴られたらたまらない、かといってよく知らない土地で、いきなり脇差しを抜くのも憚られる。

さあ、どうしたものか。

と、次郎長がそう思って、表の方の様子を窺ったとき、恰度そこに荷車が通りがかった。

次郎長、これを見てバッと表に飛んで出た。

男の生き方・男の道

荷車を曳いていたのは鮒が残飯食べているみたような顔した男、こんな男にゃ用はない、次郎長が目を付けたのはその後ろを歩いていた男。

川崎という所は漁師町で、どうやらその男も漁師らしく、櫂を担いで歩いていた。櫂の長さはおよそ六尺、ひとを殴るにゃちょうどいい、その男のところまで駆けてった次郎長、

「ちょっと借りるぜ」

と櫂を奪おうとする、だけど出し抜けに、それも見知らぬ男に商売道具を貸せ、と言われて貸す訳ゃあない、

「なにを言いやがる、誰が貸すか」

と断る奴を、

「いいから貸せ」

と無理にひったくると、これを持って馬定ン家に戻ると、この櫂を馬定の脳天めがけて、ぐわん、と力一杯に振り下ろした。只でさえ力がある次郎長に、船の櫂、で殴られたのだ

からたまらない、馬定は一声、

「ぎゃん」

と声をあげて昏倒した。

ちょうどその頃、馬定ン家の隣の家では、その家のお神さんが、玄関脇の流しでご飯ごしらえをしていた。隣に異様の叫び声を聞いたお神さんは、何事ならん、と表へ出た。粗末な長屋だから通りから中の様子が丸見えである。お神さんが中を覗き込むと、玄関の三和土《たたき》で見知らぬ二人の男が立って居て、その足元に馬定が伸びている。二人のうち一人は血だらけでウヒウヒ笑っている。そしてもう一人は長い棒を持っている。

お神さんは驚きと恐怖でその場に固まって動けない。

そしてその時、間が悪いことに、お神さんは手に庖丁を持っていた。というのは、ご飯ごしらえをしていて異様の叫び声を聞いたお神さんは、「いったい何だろう、何事があったのだろう」と思うあまり、庖丁を置くのを忘れて、それを持ったまま、フラフラ表に出てしまっていたのである。

武蘇新はこれを曲解した。

どのように曲解したかというと、馬定の助っ人が庖丁を持って自分たちを殺しに来たと曲解したのである。普通であれば、割烹着を着た主婦を見て、やくざの助っ人とは思わない。だけど、掛け合いの最中に頭を割られて気が高ぶっていた武蘇新はその冷静な判断ができず、庖丁＝叫び声を聞きつけて自分たちを殺しに来た者、と曲解してしまったのであった。

「次郎、なにボウッと突っ立ってやがる、それを貸せ」

喝叫して次郎長から櫂をひったくると、その櫂で隣のお神さんをドーンと突いた。これがたまたま、急所の鳩尾《みぞおち》に当たってしまったからたまらない、お神さんはウーンと呻くとその場に倒れてしまった。そして武蘇新は、

「次郎、ここでこうしていたらまた新手が来るかも知れねぇ、おいら逃げるぜ、次郎、てめぇも逃げろ」

と言うと櫂を放りだして逃げてしまった。

その場に、気絶したお神さんと、気絶した馬定と、正気の次郎長が残された。

「なんだか訳のわからねぇことになっちまったな。けど肝腎の武蘇新がいなくなったたったんじゃしょうがねぇ。帰ろう」

と、次郎長は二人を残して表に出た。表には既に長屋の住人や通り掛かりの者が立ち止まり、何事ならん、と中を覗いている。

それらの目を憚って武蘇新は飛んで逃げたわけだが、そこはさすがに次郎長だ、急き《せ》も慌てもしない、覗き込んでいる連中を、ジロ、と見る。連中、慌てて道を空ける中を無言で通り過ぎ、悠然と遠ざかって行く。

その後ろ姿を人々は無言で見送った。

なぜこの時、次郎長は武蘇新のように走って逃げなかったのだろうか。足が痛かったのだろうか。違う。それは侠の美学であった。つまり、普通なら知らない土地でこんなことになったら、復讐を恐れ、武蘇新のように走って、或いは然うしないまでも、足早にその場を立ち去る。その際、手拭いで顔を隠すなどして、なるべく人に顔を見られないようにする。つまりコソコソする。

次郎長はそれを嫌った。だからもしその場に人が誰もいなかったら、次郎長は全速力で走って逃げただろう。だけどそこには人がいた。もし、そこで走り、うまく逃げおおせて身の安全を確保したとしよう。だけどそうした後で人に、

「次郎長だかなんだか知れねぇが、馬定ン長屋から尻に帆かけて逃げた態《ざま》ったらなかったぜ。あんなものは博奕打のゴミだ」

と言われて笑われるかも知れない。そんな評判があちこちで立てば、やくざ稼業で飯を食っていかれない。だからこそ次郎長は、逃げた、と言われないようにゆっくり歩いてその場を立ち去ったのである。

そんなすぐに消え去る泡のような見栄・虚飾、目と出たところでつまらぬ虚名・悪名を得るのみ、目と出なければ死ぬ、に二つとない命を賭ける、それが馬鹿を承知でなったやくざ稼業というものであった。

さあ、そんなことで悠然と歩いて馬定の長屋を去った次郎長はその後、どうしたであろうか。街道までは悠然と歩き、街道に出て人目がなくなったら一目散に突っ走っただろうか。

いやさ、次郎長は男である。男が惚れる、男の中の男である。だからそんなことはしない。じゃあどうしたか。

悠然と歩いて街道筋に出た次郎長は、

「そういや、腹が減ったな」

と呟き、あたりを見渡すと、すぐそこにちょうどいい感じの茶店があった。本来であればすぐに立ち去るべきところ、余裕の或るところを見せたのと、やくざ特有の、欲望を先送りせず、すぐに叶えようとする、という性質を遺憾なく発揮して、

「邪魔するで」

と声を掛け、表の床几に腰を掛ける。

「いらっしゃいまし」

と愛想を言いながら奥から女が出てくる。

「腹が減ってるでな、みつくろって頼む。酒は要らねぇ」

「かしこまりました」

って飯を誂えた。すぐに誂えものが運ばれてくる。では頂戴するか、と箸をとる、と同

時に、ふとただならぬ気配を感じて顔をあげると向こうの方から、手に手に棍棒を持った男が十数人、茶店の方に向かって歩いてくる。

「やくざでもなし、なんだありゃあ」

と思って見ているると中の一人が見ている次郎長の方を指さし、

「野郎、あそこにいやがったぞ」

と一声、喚いて、それに呼応するように他の連中が、

「こんなところにいやがった」

「ふざけやがって」

「それ、捕まえろ」

など喚いたかと思うと、茶店に向かって一散に駆けてきた。

次郎長の頭の中に博奕打としての直感が閃いた。それは名誉の事とはまた別の、勝負勘ともいうべきものである。博奕には不思議なリズムがある。それまで負け続けていたのに、ふとした拍子に勝ち、それ以降は勝ちに乗じてどんどん勝つときがあるかと思えば、今度こそ勝つ、という確信がなぜかあって、にもかかわらず、なにをどうしても、どんな工夫をしても負け、果てしない負けの連鎖に陥るときがある。そんなときに熱くなって負けにのめり込み破滅する者が後を絶たない。それこそが博奕の魔力である。

次郎長はその見極めがうまかった。そして、勝敗は時の運、というように喧嘩も又、博

奕のようなものであった。

後年、次郎長は敵対勢力と抗争、大きな喧嘩をいくつかしたが、負けるときは驚くほどあっさり負けた。これは勝てないな、と思うと、面子を捨てて逃げる。つまり損切りをしてそれ以上損失が大きくならないようにする。そこには、生きてさえいればその損失はいずれ取り返すことができる、という計算が働いていた。

これこそが勝負勘である。名誉と損得。これを天秤に掛けて、どっちへ転べば生き延びることができるか。この判断が間違っていれば次郎長は、生涯敵味方、二百八十本の位牌をこさえて、朝晩茶湯して、明治二十六年六月十二日、七十余歳まで生きることはできない。(引用・二代目広沢虎造)って訳でこのときは次郎長は逃げた。その際、次郎長は男どもが漁師仲間であることを一瞬のうちに見て取っていた。そして次郎長は、男たちが追ってきた理由はおそらくはこれだろう、と思った。

これ、というのはなんとなくそのまま担げてきた櫂である。次郎長はこの櫂を漁師から奪った。おそらくは。やくざ者が暴れ込んできて櫂を奪い、馬定と隣家の婦女に暴行を加えた上、立ち去った、という設定になっているのだろう。

その一部は確かに事実であるが、それはいろんな偶然が重なってそうなったことだ。しかし、相手は気の荒い漁師で、しかも相当にいきり立っている。こっちが何を言っても説明を聞かず、いきなり殴りかかってくるだろう。しかも相手は十数人でこっちは一人。当然かないっこなくムッチャクチャに殴られるは必定。あいてがやくざなら兎も角、あんな奴らを相手にして怪我をするのもつまらねぇ。三十六計逃げるに如かず。

改めてそう考えた次郎長は、頼んだ飯を其の儘に櫂を担いで逃げ出した。

ぜんたいやくざは足が速い。でなきゃ役人の目を逃れて旅から旅をして日を暮らすやくざ稼業はつとまらない。だから次郎長も大兵ではあるが普通の人に比べれば随分と足が速い。

その次郎長が全力で駆けたのだからしょうがない、追いかけてくる漁師どもとの距離はみるみる広がっていった。

それに向かって漁師が叫ぶ。

「待ちゃあがれ」

次郎長は内心で答える。

「だれが待つか」

別の漁師が叫んだ。

「おいこら、てめぇ、なんで俺たちの仲間の櫂を盗んだ」

次郎長は内心で答える。

「わざわざ、てめぇの仲間を選んだんじゃねぇや、たまたま通ったからに決まってんだろう、間抜け野郎がっ」

また、別の漁師が叫んだ。

「おいこら、逃げるな、泥棒野郎」

これを聞いて次郎長は足を止めた。足を止めて向こうを向いたまま言った。

「ああ？　いま泥棒つった？」

その次郎長に漁師だちはさらに、

「ドロボー、ドロボー」

と罵声を浴びせかけた。その間も次郎長は立ち止まっている。そしてついに漁師たちが次郎長に追いついた。次郎長は振り返り、漁師たちに向き直った。一間ほど間をおいて次郎長と漁師がにらみ合いになった。

一瞬の沈黙があって、漁師の一人がなにか言おうとしたそのとき、次郎長は雷の如き怒声を発した。

御宥免

「俺はただ喧嘩をしてただけで、物を盗った覚えはねぇ。あの櫂はちょうど具合がよかったからちょっと借りたまで、喧嘩が済んだら返す心算だった。その俺を泥棒呼ばわりしやがるってぇのは一体どういう了見だ。返答次第によっては……」

このあたり、泥棒呼ばわりだけは許せねぇ、と赫っとなって我を忘れ、戦術を誤ってしまうところが所詮はやくざであった。

そして、堅気の農民や気の弱い博徒であれば次郎長のこの気迫に飲まれて、或いは、「まあまあ、そう怒りなさんな」となったのかも知れぬが、しかし相手は漁師たちで気が荒い。

承知しねぇぞ、と最後まで言わぬうち、

「やかましいやい」

と言い返して、石を拾って雨霰と投げつける、これが命中して額が割れ、だらっ、と血が流れる、「あっ」と言って怯んだところ、わっ、と押し寄せて取り囲み、てんでに手に持つ、割り木や梶棒でぼこぼこに殴る。「あああっ」つって倒れたところを更に棒で撲る、足で踏みつける。

力が強い漁師たちが寄ってたかってそんなことをするのだから次郎長は防戦一方、亀のように蹲って頭を抱えることしかできない。それをさらに撲る、蹴る、するものだからたまらない、骨が砕け、肉が破れて流血淋漓。渾身完膚なきがまでに叩きのめされ、次郎長はぐったりして動かなくなった。

その様を見て、一人の漁師は、可哀想だ。さすがに気の毒なことをした。と思ったなんてことはまったくなかった。それどころか笑みを浮かべ、

「はは、いい気味だ」

と言って、もはや動かない次郎長をそこらに落ちていた縄でギリギリ縛り上げ、その上でさらに暴行を加え、ウヒャウヒャ笑った。

一同は祭のように興奮し、激越な憎悪表現を口走りつつ、これを抱え上げては、地面に叩き落とすなどして楽しみ、

「ぶち殺して海に捨ててしまえ」

「いいね!」

など絶叫して、顔をぬらぬらにしていた。そのままだったら次郎長は弘化元年の暮、遠州川崎村で漁師に嬲り殺され、後年の活躍はなかったはずである。ところが。

捨てる神あれば拾う神あり。ここに本当に、たまたま、偶然、鯉市、という男が通りかかった。鯉市はいまは川崎村に住んでいい顔であったが、そもそもは次郎長の地元、駿府の人で、次郎長とも知り合いであった。名前が鯉市だからか、鯉料理が好きで、その他、魚全般に興味があり、川崎村の漁師にも顔が利いた。

この鯉市がたまたまそこを通りがかったのである。そうしたところ漁師たちが一人の男を半殺しにしている。興味本位で足を止め、後ろの方にいた漁夫に、

「大勢で寄ってたかってどうしたんデー」

と問うと、

「盗っ人が婦女に暴行を加えた上、わっしらの櫂を盗んで逃げたので殺しているところです」

と言うので、

「それは良いことだよ。そんな悪い奴はどんどん殺していけばいい」

と答え、人垣の間から顔を出して、盗っ人の顔を見て、アッ、と声を挙げた。よってたかって殴られている盗っ人が顔見知りの次郎長であったからである。

こりゃ大変だ、此の儘だと殺されちまう、と思った鯉市は、グイグイ前に出ていって、

「その男は俺の知り合いだ、腹も立つだろうが、どうかここは俺の顔に免じて許してやってくんねぇ、さ、さ、ここに二両ある。これでみんなで一杯やってくんねぇ」

と言い、漁師たちの頭のような男に二両という大金を握らせ、

「この通りだ」

と言って顔の前で両手を合わせて頭を下げた。

金を貰って急に相好を崩すのも決まりが悪いから、その男、わざと仏頂面で、

「あー、マア、殺したかったんだけど、鯉市さんに頼まれたんじゃしょうがねぇ、ここは、鯉市さんに免じて許してやるか、どうでー、みんな」

と一同に諮ったところ、一同は、

「鯉市さんに頼まれたんじゃしょうがねぇ。許そう」

「そうしよう。で、どこ行く」

「どこでもいいから死ぬまで飲もう」

「おー」

「うおー」

とこれを許し、喜びに包まれて去って行った。

それはそれでよかったのだけれども、騒ぎを聞きつけた役人が向こうで通行人に話を聞いているのが見えたので、

「こうしちゃいられねぇ」

と鯉市、その辺に居た奴に銭をやって頼み、ぐったりして動けない次郎長を戸板に乗せ

て、風の如くにその場を去り、溺死の次郎長を自宅に連れ帰った。

さあ、しかしこの騒ぎが役人に知れたら次郎長は被疑者である。となれば代官所へ連れて行かれる。代官所には間違いなく、佐平と小富殺しの回状が回ってきている。それが露見すれば次郎長は死罪。また仮にそれが露見しなかったとしても、いま、牢に繋がれたら間違いなく次郎長は獄死してしまう。

「さあ、どうしたものか」

鯉市が考え込んでいると、鯉市の家の表の方に人が立った。すわ、役人か。思わず身構えた鯉市の家に入ってきたのはさにあらず、掛川に住まう鯉市と仲の好い男、床屋の淀五郎、通称・床屋淀であった。

「おお、床屋、どうしたんでー」

「いやー、ちょっと親戚に用があってネ、こっちに来たついで寄ったのサ。お前さんの顔が見たくてサ」

「そりゃ、ありがてー。さっそく、一杯やろうじゃネーカ、と言いてぇところだが、そうも行かねーのよ」

「ってと、おっ、奥に誰か寝ていらっしゃる。妬けるぜ。可愛いのがいるのかい」

「よせよせ、こちとらそんなんじゃネーのよ。実はな、こうこうこうこうこういう訳でな、俺は困っているのサ」

「おー、そーか。そこに寝ていらっしゃるのは次郎長さんか。名前は聞いてる。いい男だってな。だけどそら、おめえ、大丈夫だで」

「なんで大丈夫なんだ」

「実はナー」

と言って床屋淀は以下のようなことを言った。

「俺は詳しく知らねぇんだけど、お城の方で大事な御法事があってナー、それで御大赦があって、俺の知り合いで牢に繋がれてた奴やなんかもみんな、家に帰ってきやがったのヨ。それだもんで、あれじゃァネーカ。次郎長どんも、この川崎の代官所に連れていかれりゃー、きつい御詮議があって、その身体じゃ、保たねぇだろう。だけど、掛川の御本藩に届けりゃあ、それくらいのことだったら、御宥免如此候、ってことになる。間違ぇネー」

つまり、掛川本藩ではいま大々的な恩赦をやっているから、そっちに連れて行けば罪に問われないだろう、と言ったのである。

これを聞いた鯉市は喜び、

「おー、そうか。じゃ、そうしよう」

ということになって、掛川の本藩に、川崎で窃盗と暴行を働いて主婦と遊び人に怪我を負わせた長五郎という男を捕らえて家に押し込めてある、と訴え出た。

鯉市の訴えを担当した役人は顔色の悪い中年男だった。

男としての魅力がなにひとつない男だった。

そして疲れ切っていた。

恩赦を願い出る膨大な書類の処理に忙殺されていたのである。

男は鯉市の訴えを不機嫌に聞いていた。男は、いまいる罪人の手続きだけで手一杯なのに、また新たに罪人を増やし、そしてそれを恩赦するなんて馬鹿げていると思った。そして鯉市の話を聞き終わった男は、

「あー、じゃ、もうそれ、いいから」

と早口で言った。不審に思った鯉市が、

「いいんですかい」

と問うと、

「いい、いい」

と言い、さらさらっ、と紙になにか書くと、

「はい、ここに名前書いて、そいで、ここに爪印押して」

と早口で言った。

鯉市は戸惑った。なんの書類か確認できなかったからである。そうすると役人は怒気を露わにして、

「早くして、ほれ」

と言う。それで仕方なく、言われたとおりに名前を書き、爪印を押すと役人は、

「はい。じゃあ、もういいよ」

と言い、顎をしゃくって出ていくように促した。だけど鯉市は訳がわからないので、

「長五郎はどういうことになるのでございましょうか」

と言うと、役人は、既に別の書類に目を通しながら、

「御宥免だ」

と言った。

「ということは、長五郎はお解き放ちということでよろしいのでございましょうか」

「うっるさいなー、そうだよ」

「川崎の代官所に連れていかれるということはございませんでしょうか」

「ないよ、こっちで手続き済んでるんだから」

「本当でございますか」

「本当だよ。本当にうるさいな。文句あるんだったら、吟味しようか。じゃあ、するよ。その方が召し捕ってあるんでしょ。連れてこいっ」

「ぷるぷるぷるぷる。って、口で言ってしまいました。文句など滅相もございません。お手数をお掛けしました。御免ください。さようなら」

鯉市は慌てて屋敷を出た。

役人は、なぜか手を止め、その後ろ姿をボンヤリ見送って、そして言った。

「仕事、嫌だな」


かくして鯉市の奔走により、次郎長はすんでのところで命がたすかった。そして鯉市のところで数日を過ごし、とりあえず口がきけるようになった。思うに持つべきものは友である。次郎長は、

「すまねぇなあ」

と礼を言い、鯉市も、

「いってことよ。治るまでここにいねぇ」

と言ったが、いつまでここにいても治らない、とにかく三河の寺津のところへいったん帰ろう、ってことになった。だけど次郎長の身体は寺津までの移動に耐えられない。そこで一旦、森まで行き、森で数日を過ごして、若干の回復を待ち、森の五郎親分に費用を出して貰い、やくざ者が駕籠に乗って旅をするなんてあり得ないところ、駕籠に乗って寺津へ向けて旅立った。

そしてその途中、天竜川の河原まできたところで、次郎長、思いもかけない人間に出くわした。

その思いもかけない人間とは？

驚くべき人との出会い・治助の情愛

遠州榛原郡川崎村に借金の取り立てに出掛け、行き違いから漁師たちに袋叩きに遭い、死にかけていたところ、たまたま通りがかった鯉市という男に助けられ、寺津に戻って腰を据えて疵を治すことにした次郎長、やくざが駕籠で旅するなんてなのは普通ないが、歩けないのだからしょうがない、駕籠を雇ってこれに乗り、天竜川の河畔までやって来た。

そうして土手の上から河原を望むと渡し場の辺りに五、六人の男がいるのが見えた。

それをみて次郎長は、おっ、と思った。なんとなれば、その者がやくざ者らしかったからである。それで思わず次郎長は、

「お友達か」

と呟いた。やくざ者は同業者のことを、お友達、という。だから往来で行き会った者がやくざ者らしかった場合、「お友達でござんすか」と言って確かめる。

だけど次郎長はそれをしたくなかった。なぜなら、東海道で既に有名人だった次郎長は、身内以外の、お友達、に、このみっともない姿を見せたくなかったからである。

次郎長は駕籠舁に言った。

「ちょいと、とめてくんねぇ」

「へぇ。小便ですかい」

「とにかく、ちょいと駕籠を下ろしてくんねぇ」

「ようがす。おい、旦那が下ろせってってる。駕籠を下ろせ」

と駕籠舁は駕籠を下ろす、次郎長、遥かに河原を見下ろして、

「えーと、ありゃあ、うん、間違ぇねぇ、やくざ者だな。それもこの辺のもんじゃねぇ、旅人だな。知らねぇ顔だ。じゃ、ま、このまま行っちまおう、おい、駕篭屋」

と次郎長声を掛けたが駕篭屋、少し離れたところの松の根方に座り込んで煙草を吸っている。

「しょうがねぇな」

と苦笑いしてもっぺん、見るとはなしに渡し場の方を見た次郎長、そのとき偶々《たまたま》、次郎長がいる土手の方に顔を向けて笑っていた、五人のうちの一人、額に大きな瘢《きずあと》がある男を見て、思わず、

「あっ」

と声をあげた。

「あ、ありゃあ、佐平じゃねぇか」

読者の皆様は佐平を覚えておられるだろうか。矢部の平吉の賭場の揉め事から喧嘩になり、次郎長が棍棒で撲殺、同じく撲殺して巴川に叩き込んだ、沼津金の乾分・佐平である。その人殺しの罪を憚って次郎長は国を売って、旅に出た。

ところがその死んだはずの佐平が天竜川の河畔に居て、まるでアホのような顔で笑っているのである。

さては死に損ないやがったか。悪運の強いクズ野郎だ。

然う思った次郎長、これを嘲弄してやろうと、河原に向かって大きな声で言った。

「そこにいるのは佐平じゃねぇのか」

呼ばれた佐平は驚いた様子できょろきょろしている。それを見た次郎長はもう一度、大きな声で、

「おおい、佐平。佐平の兄貴、ここだよ、ここ」

と呼ばった。それでようやっと土手の上から呼ばれているのに気がついた佐平、

「あんなところで呼んでやがる。いってえどこのどいつだ。駕籠に乗っているところを見ると堅気さんにゃちげぇねぇだろうが、その割には佐平の兄貴、なんて呼びやがる」

と不思議に思い、言った。

「俺は確かに佐平だが、そういうお宅さんはいってぇ、どこのどちらさんでござぇやすか」

次郎長、それには答えず、

「佐平、てめぇ、よく生きていやがったなあ。俺ァ、おめぇを殺したと思い、清水を売って、今ァ、三河に居るんだよ。今日はな、用足しに行った先で、ちょいとした縮尻《しくじり》をやって、これから寺津へけぇるところなんだが、ははは、こんなところで、おめぇに会うとは夢にも思わなかったぜ。なにしろ、こっちは死んだと思ってたからな。ははは、けどなんだな、俺が殴ってできたその額の疵はいまだに消えねぇんだな。遠くからでもよくわかるぜ。それなら祭の人混みに居ても一目で、おめぇだってわかるぜ、佐平、よかったな」

と小馬鹿にするような口調で言った。

それを聞いた佐平は赤面した。

なぜならあれ以降、佐平は、半殺しの目に遭わされたのに仕返しもせず、清水に足を踏み入れないようにして、次郎長と対面するのを避けていたからである。

そしてなぜ仕返しをしなかったかというと、次郎長が恐ろしかったからだが、やくざ社会において、これほど名誉を傷つけられてなにもしないというのは、はっきりいって恥晒しである。ゆえ、佐平は赤面して一言も言い返せなかったのである。

そんなことで、思いもよらぬところで、思いもよらぬ人に会った佐平はすっかり烏鷺《うろ》が来てしまって、

「おらぁ、今、讃岐の金比羅様に参ってきたところよ」

と、今言っていったいなんの意味があるのか、みたいなことを口走り、

「なんでぇ、奴ぁ、何者だよ」

と問う同行の者に答えもせずで、そのまま足早に東の方へ歩いて行った。

「おい、おい、待てよ」

と、仲間はその後に続き、土手の上には次郎長が残された。次郎長はそのうしろ姿を見送りながら、

「さても意気地のねぇ野郎だぜ」

と笑ったが、その後、

「しかし、なんだで、俺ァ、奴が死んだと思ったから旅に出たんだが、奴ァ、生きていやがった。だったら、なにも旅に出なくてよかったんだ。けどなぁ、考えてみりゃあ、そうやって旅に出たから、俺ァ、こうして、自分で言うのもなんだが、どこへ行っても、『兄哥、兄哥』って呼ばれるようになった。してみりゃあ、勘ちげぇで旅に出たのはよかったってぇことになる。そういや、禅叢寺の和尚が、人間万事塞翁が馬、なんてってたが、ふんとにその通りだで」

と独り言を言った。

そしてふと見ると駕篭屋が松の根方で居眠りをしている。次郎長、苦笑いをしてこれを起こし、寺津へ向かった。

駕籠に揺られながら次郎長は、なにか心に妙に引っかかるものを感じていた。というのは。

それは、さきほど佐平がそそくさ去った後を追った男たちのうち、一番うしろにいた男がどうも気になったのである。

その男の顔は見えなかった。顔は見えなかったが、その後ろ姿がどうも気になった。

「ありゃあ、いってぇ……」

と次郎長は考えたが、そのとき駕籠が、ガクン、と揺れ、それが傷に障って、「いててててててて」と声をあげ、次郎長、それぎりそのことを忘れた。

それから寺津へ戻り、離れでまるまる一月養生して、ようやっと疵が治った次郎長は治助の居る母屋へ顔を出した。昼下がり、治助は部屋で縫い物をしていた。その治助に次郎長は声を掛けた。

「治助」

「誰でぇ」

「俺だよ」

「おお、次郎じゃねぇか。傷はもういいのかい」

「おお、お蔭さんですっかり治っちまった。それというのも、なにもかもおめぇのお蔭よ。

礼を言うぜ」

「おっほっ、そりゃよかった。なら、ちょいと疵を見せてくれよ」

「そんなもん見てぇのかい」

「ああ、俺ァ、好きな男の疵を見るのが大層好きなのさ」

「妙なものが好きなんだな。じゃあ、好きなだけ見るがいいやな」

そう言うと次郎長、着物を脱いで下帯ひとつになった。

そうして治助の前に座り、

「さあ、見ねぇ」

と言った。

「おおっ」

そう言うと治助は次郎長の疵をしげしげ見て、時折、「ああっ」とか「ほおっ」と言った声をあげた。

しかし二月も末のことでまだ寒い。全身疵だらけの次郎長は、

「さ、寒いっ」

と身体を震わせた。それを聞いた治助、

「お、こりゃ、気がつかなかった。すまねぇ。俺が暖めてやろう」

と言うと次郎長の身体を抱いた。

「寒い、寒いぜ、兄弟」

そう言って次郎長は治助にしがみついた。

二人はそのまま横倒しになり、唇を重ねた。

その二人の姿を、たまたま塀の上を通りかかった猫が、脚を止めて、なにか不審なものを見るような眼差しで見つめていた。


二人は暫くの間、虚脱して、寝転がっていた。

ややあって治助は、

「寒いだろう、兄弟」

と言うと脱いだ着物を次郎長にかぶせた。

「おお、すまねぇ。だけどおめぇも寒いだろう、さ、一緒にかぶろう」

「ああ、そうだな」

二人は仲良く、着物をひっかぶり、並んで天井を見つめていた。塀の上の猫はもう去って居なかった。

次郎長はポツリと言った。

「清水へけぇろうかな」

「帰るのか」

「ああ。前に言ったとおり、佐平も生きてたしな」

「そうか。じゃあ、そうしねぇ。いつ発つ」

「明後日頃、発とうかな」

「そうか。じゃ、そうしな。それなら発つ前に連れて行きてぇところもあるからよ」

というのは大きな金の動く賭場へ次郎長を連れて行き、うんとお取り持ちをして儲けさせてやろうという治助の親切心である。

次郎長にはそれがすぐわかったから、

「そら、ありがとよ。礼を言うぜ」

と言うと治助はムッとして、

「礼なんて水くさいことを言うない、俺とおまえの仲で」

と言って横を向いた。

「こら、すまなかった。許してくれ、兄弟」

そう言うと次郎長は後ろから治助を抱きすくめた。

「あひゃひゃ」

治助はおかしな声をあげた。

死んでもやりたい大博奕

　弘化二年三月。殺したと思っていた佐平が生きていた。ならいっぺん清水へ帰ろうかな。そうだ、帰ろう、清水へ。って訳で、次郎長は長く草鞋を脱いだ、寺津の治助の家を出て清水へと帰還した。清水を出たのが天保十三年の六月だから実に三年ぶりの帰還である。だけど、なんだかんだ言って、やくざなどというものは、勢力を張っておってナンボで、元の甲田屋は姉夫婦に譲ってしまって帰る家もなく、治助にもらった道中の小遣いは途中でみんな遣ってしまって一文無しで戻った次郎長を温かく迎える者はなかった。

　寺津に居たときは一帯に侠名とどろき渡った次郎長であったが、いざ清水港に帰ってみれば、人を殺して蓄電した挙げ句、無一文の宿無しとして、フラリと戻ってきた鼻つまみ者に過ぎなかったのである。

　預言者はその故郷で尊敬されない。イエス・キリストは生前、その出身地であるナザレ地方では尊敬されなかった。なぜなら地元の連中はイエスが大工の息子であり、自分らと同じく庶民であったことを知っているから、「弟子連れてえらそうにしている。大工のくせに」とどうしても思われてしまう。

次郎長も同じであった。三州寺津では兄哥株、周囲に一目置かれる存在であったが、清水港では、次郎八ののらくら息子、に過ぎず、まったく大事にされなかったのである。

となれば頼れるのはかつての友だちしかいないが、その友だちとて、旅に出ていたり、今では堅気になって稼業に精出すなどしていて、泊めて貰うこともできない。さあ、そこを無理に泊まったところで、「すまねぇ、嬶ぁがうるせぇんだ」かなんか言って、明くる日にはおん出された。

「まったくもって女ってなあ、ろくなもんじゃねぇ」

そんなことを言いながら次郎長は知り合いの家を転々として、おもしろくない日々を過ごしていた。その日も次郎長は、府中の人足部屋に寝転がっていた。ついさっきまで、つまらない雲助のイタズラに付き合っていた。だけど付いていないときはしょうがない、すっかり取られ、不貞腐れてひっくり返り、天井を張らない小屋裏の木組みをボンヤリと眺め、「寺津へ行こうか、それとも上方の方へ行ってみるか」なんて考えていた。

そんな時、

「次郎、いるかっ」

と飛び込んできた男があった。

江尻に住まう弁慶の重蔵という男で顔の色が変わっていた。清水へ戻ってからこっち、

心躍るようなことがなにもなく、退屈しきっていた次郎長は、久しぶりにおもしろいことがありそうだと期待しつつ、

「おお、ここにいるで」

と返事してのっそり起きた。


弁慶の重蔵が話したのは、次郎長が、いずれそんなこっちゃないか、と思った通り、喧嘩の話であった。

「津向《つむぎ》の文吉つぁんから和田島の太左衛門さんのところへ喧嘩状が届いて、今晩の夜の四つに興津川の河原に来い、ってんだよ。すまねぇが、腕を貸してクンねぇ」

と言われて、「ああ、いいとも」と次郎長、二つ返事でこれを引き受けたのだが、それには三つの理由があった。

一つは、清水へ帰ってからこっち、おもしろいことがなにもなく、退屈していたこと。一つは、実は和田島の太左衛門は、親分・乾分を持たぬ半可打《はんかぶち》であった次郎長が世話になっていた紺屋の久兵衛、通称・紺久（弁慶の重蔵はこの紺久の乾分であった）の兄弟分であったこと。一つは、この喧嘩で大暴れして、自分の評判を上げてやろう、名前を売ってやろう、と企図したこと。の三つである。

そういうことで弁慶の重蔵に連れられていったのは、江尻の紺久方で、既に彼方此方《あちこち》か

ら人数が集まって喧嘩支度をしていたが、なにかこう勢いがない。次郎長が駆けつけたのに気が付き、

「あ、次郎さん。ご苦労さんです」

と声をかけた男の瞳が、まるで鮒寿司のようにドンヨリしている。

というのはそらそうだ、和田島の太左衛門は小島の御陣屋から十手捕縄を預り、御用を聞く顔役であったが、乾分の数は二十人かそこら。その頃、甲州の津向の文吉と言えば大した勢い、身内だけでも何百といる文吉とでは、てんで勝負にならない。

しかしそんな彼我の事情を知らない若い者の中には血相を変えて喚き散らしているのもいた。その者は、

「売られた喧嘩だ、買うしかねぇだろう」

と言って無闇に興奮、それに煽られて、「そうだ、そうだ」と同調する者も少なからずあった。

へっ、威勢のいい野郎もいるな。

次郎長、そう思いつつ、奥へ通ると紺久と太左衛門が座っている。

「次郎長がめぇりやした」

「おお、次郎か、ご苦労だな」

「へえ、此の度は飛んだことで」

と言いかける次郎長に太左衛門が事情を話した。

それによると今回のこと、太左衛門にはまるで心当たりがないという。掻い摘まんで言うと、
昨日、津向の文吉が喧嘩支度で徒党を組んで乗り込んできて、自分を捜し回っている、と報せがあった。それを見た堅気の衆は、「いまに血の雨が降る」と噂していた。だけど考えてもみねぇ、俺ぁ、小島の御陣屋から十手捕縄を預かっている。その俺が、白昼、そんな派手な喧嘩をする訳にもいかねぇ。だから俺は江尻の兄弟のところに身を隠した。そしたら喧嘩状が届いた。左封じの封を切ると、「今晩の夜の四つに興津川の河原に来い。男らしく雌雄を決しよう」と書いてある。しかし思い当たる節はない。どうしたものか、と思う。というのは俺と文吉とは盃を交わした兄弟分であるからで、甲州と駿州、できればこれまでと同じようにやっていきたい。だが喧嘩状を叩きつけられた以上、その場には行かないと男が立たない。故、人数だけは集めてはいるが、腑に落ちないことだらけである。

ということであった。

これを聞いた次郎長は、今こそ名をあげる絶好の機会なのではないか、と考えた。

というのは先ほどまでは、喧嘩で手柄を立てて名前を売ってやろう、その際、相手が大親分・津向の文吉であるのはとても都合がいい、と思っていた。だけど、太左衛門は、

「喧嘩の心当たりがない」と言う。

ってことは仲裁の可能性があるのではないか。

次郎長はそう考えたのである。

やくざにとって喧嘩の仲裁ほどありがたいものはない。

だってそうだろう、喧嘩をして得をすることはあまりない。喧嘩をして勝てばよいが負ければ失うものが多すぎる。乾分の命、死ぬ思いで守ってきた縄張り、そして自分の命。それによし勝ったところで、かなりの確率で御用弁となり島送りになったり、下手をしたら死罪になるなどする。或いはそうならなかったとしても、お上を憚って長い草鞋を履かなければならなくなる。と同時に殺した相手の身内や兄弟分が、「親分の仇、兄弟の仇」と命をつけ狙ってくる。というのは復讐しないでやられたままにしておけば、「意気地のない奴」と認定され、やくざ社会で生きていくことができないからである。それに加えて、そいつらには、復讐に成功すればその仇の縄張りが手に入る、という欲もあるので、かなり真剣につけ狙われる。

そんなことで、失うもののない命知らず、一発逆転を狙うチャレンジャー、なら兎も角、乾分を養って旅人を受け入れるための縄張りを持って安定的に一家を経営している、人に親分・親方、貸元と言われるような者は誰ひとりとして喧嘩を望まない。

それだったら喧嘩なんかしなければよいではないか、てなものであるが、それでも喧嘩になってしまうのは、男の意地と意地がぶつかり合うからである。

やくざにとってこの男の意地というのは、損得勘定の上位に位置する概念である。それ故、損得を重視して、意地を蔑ろにし、「なによりも尊いのは平和ですよ」と言い、バカにされても縄張りを取られても、ヘラヘラ笑って看過し、女房を略取されても乾分を殺されても、「喧嘩はよくないですよ」など言って、なかったことにしていたら、どうなるかというと、「意気地のねぇ野郎」「男の風上にも置けねぇ野郎」とバカにしられ、それだけならまだしも、「どんな非道をやっても文句を言わない奴」認定を受け、すべてを奪われた上で滅亡するのである。

そんなことにはなりたくないから嫌でも喧嘩をする。そしてする以上は勝たなければならないから殺すか殺されるかの覚悟でやる。

それがやくざの喧嘩なのであるが、そんなことで、「さあ、喧嘩だ」となった時、「待ったあっ」と止めに入ってくれる人が現れたらどう思うだろうか。

そう、「ありがたい。これで喧嘩をしないで済む」と思う。

仲裁は時の氏神、と謂うのはこのためである。

だから、やくざ社会において、喧嘩で勝つ、のと、喧嘩を仲裁する・収める、のとどちらが感謝され、人々の尊敬と信頼を勝ち取ることができるかというと、勿論、後者である。

現今、国際社会に、大前田の栄五郎さん、伊豆の大場《だいば》の久八さん、安東文吉さん、丹波

屋伝兵衛さん、的な人が現れて、

「おい、モスクワの。おまえの気持ちもわかるけど、ここらで、この俺に黒札で任してくれへんか」

「へえ、お任せいたします」

となったらみなが感謝するのと同じことである。

しかし右の例からわかるように、それができる人はなかなか居ない。というのは、右に言う「黒札で任せる」とは、諸条件を言わず、すべてを仲裁人に一任して、結果に不服を申し立てない。ということで、それを紛争当事者に受け入れさせるためには、双方が、「あの人の仲裁なら、その提案を受け入れたとしても自分の面子は立つ」と思わなければならないが、そのためには、その仲裁人の器量・貫禄が業界でずば抜けていて、その人の裁定は常に公平、くらいに思われている必要がある。

つまり、すごい貫禄→仲裁、ということになるのだけれども、これを逆から言うと、見事に仲裁した人→すごい人、という図式も成り立つわけで、太左衛門から、「文吉に喧嘩を吹っかけられる心当たりがない」と聞いた次郎長は、二人の間に、ふとした行き違い、こんがらかった糸の如きがあり、これを解きほぐすことができれば、あの名高い、津向の文吉と和田島の太左衛門の喧嘩を見事に収めた男、として売り出すことができるのではないか、と計算したのである。

しかしこれが無謀な企みであることは間違いない。

なんとなれば、文吉は名代の大親分、太左衛門とその腰を抱いている紺久も根を張る立派な貸元、それに比べて次郎長はといえば、昨日今日の駆け出し者。貫禄不足は明白であった。

だけど次郎長はやろうと思った。次郎長は、
これは俺の人生の大博奕、ナーニ、目と出なけりゃ死ぬまでよ。

と考えていたのである。

次郎長、危機一髪

次郎長は槍一条を携え、興津川にかかる橋の南詰にいた。対岸に篝火が燃え、川面が紅く染まっていた。真っ暗ななかに人影が蠢くのが見えた。

「百人はいやがるな」

次郎長はそう見当を付けた。

「こっちはたったのひとり。下手すりゃあ、殺される。へっ、おもしれえ」

と次郎長は口に出して言ってみたが、それとは裏腹に睾丸は縮み上がり、陰茎も小さく固まって冷え切っていた。

「この俺が話をつけてくる」と威勢よく、槍を担いでここまでやってきたものの、いよいよ大立者の津向の文吉と対峙するとなると、途端に恐ろしくなり、逃げ出したくなった次郎長なのである。

そんなとき後ろから、

「をいっ」

と声を掛ける者があって次郎長は飛び上がった。

振り返ると、そこに立っていたのは弁慶の重蔵であった。

「おどかすねぇ。ナンデイ、なんの用でえ。使いかえ」

「使いじゃねぇ。おまえばかり仲裁にいかせてなるものか。俺も行くで」

「なんだ、おまえも手柄を立てて男になりてぇって訳か」

「ま、そういうことよ」

「あ、そうかい。じゃ、一緒に行こう」

とそうなったら弁慶の重蔵の手前、もう逃げるわけにはいかない。次郎長、先に立って歩き出すと、後ろから重蔵が言った。

「ちょっと、待てよ。すげぇじゃねぇか」

「すげぇってなにが」

「文吉の人数よ。篝火がこっちから向こうの方までずっと続いてるじゃねぇか。それとおめぇ、いま見えたけど前の方に並んでるのはあれ、鉄砲じゃねぇのか」

「そうみたいだな。こっちの姿がチラと見えたら、すぐにドンと撃つ気よ。斬り合いになる前にこっちはみんな死んじまう」

「おめぇ、そこに一人で乗り込んでく気か」

「そうだよ」

「おまえはバカか、それともアホか」

「両方だ。まあ、正確に言うと気ちがいか」

「おら、よすぜ」

「怖くなったか」

「ああ、怖くなった。来る前は、ナーニ、度胸一番、伸るか反るかの大勝負、いっちょやってやろうじゃネーカと思っていたが、こりゃあ駄目だ。反るか反るか、だ。どう考えたって勝ち目はねぇ。喧嘩も博奕も引き時が肝心。悪いこた言わねぇ。俺はよすからおめぇもよせ」

と重蔵が臆病風に吹かれるのを見た次郎長は、不思議なことに、「なら、俺はやってやる」という気になり、さっきまでは重蔵と同じ気持ちになっていたのをすっかり忘れて、

「じゃあ、てめぇはよせ。俺は一か八か、勝負するぜ。バカを承知でなったヤクザだ。おめぇはそこで見ていろ」

「ああ、わかった見てるよ」

そう言う重蔵を振り返りもしないで次郎長は槍を担いで、そのまま進み、橋の半ばで立ち止まると、

「津向の文吉っつぁんはいらっしゃいますかい。ちょいとお目にかかって話があるんですがねぇ」

と、途轍もない大声で呼ばった。

これを聞いた北岸の方では、今か今かと待ち受けていた敵がいよいよ来た、というので、

「来やがったぞ」

と勇み立ち、そして、

「撃て、撃っちまえ」

という声が上がった。

そう、文吉はこの大喧嘩に際して、長脇差、槍の他、数挺の鉄砲すら持ち出していたのである。

これを見た次郎長の睾丸が再び縮み上がった。

逃げるしかないか。でもそれはとても格好が悪い。といってこのままここにいたら確実に死ぬ。どうしようかな。逃げようかな。死のうかな。

次郎長が葛藤しているうち、鉄砲隊は既に次郎長に狙いをつけ、いままさに引き金を引こうとしている。

あはれ次郎長一巻の終わりかと思われた、恰度そのとき、陣の奥で、

「待て、待て」

声がして、それを聞いた鉄砲隊は思わず銃《つつ》を下げた。

いったい誰が声を挙げたのか。それは。

〽東島武居安ぃとおしゃれども紬島にはかなやせぬ（大意・甲州では武居の安五郎が強いと言うが津向の文吉には敵いませんよ）。と一般庶民が歌にうたった、親分中の大親分・津向の文吉その人であった。

陣の一番奥、床几に腰掛けて腕組みした文吉は続けて、

「狼狽えるんじゃねぇやい。よく見ねぇ、相手は一人じゃネーカ。たった一人で来た敵に狼狽えて鉄砲をぶっ放したなんてことが知れたら、俺は明日っから世の中、向こう向いて歩けねぇ」

と言い、そして立ち上がると、陣の前まで進み出て、

「文吉は俺だが、手前ァ、どこのどいつだ」

と言った。流石の貫禄であった。

ありがてぇ。

と次郎長は欣喜した。睾丸を膨らませた次郎長は既に芝居がかっている。

前に進み出て言った。

「手前、清水港の長五郎と謂う駆け出しにござんす。津向の文吉どんにお目通り願いたく、やって参《めえ》りやした」

知らない若僧を見て文吉は首を捻った。

「長五郎？　聞かねぇ名前だな。まあ、いい」

呟いて文吉は橋の上に向かって言った。

「俺が文吉だ。長五郎とやら、話があるなら、下りてこい」

興津川の北岸、四囲は真の闇、闇の闇。その闇の中で轟々と焚かれる篝火。その篝火の下、文吉と次郎長は向き合って座っていた。

その周囲を得物を手にしたならず者が何重にも取り込んでいる。命懸けの掛け合いである。並の人間なら、その雰囲気に呑まれて満足に口がきけなくなるはず。だけど次郎長は度胸が据わっている。少しも怯まずに言った。「津向の親分さん、わっしはなんとかこの喧嘩を収めたくてやって参ったのですが、そもそも兄弟分の太左衛門さんとおめぇさんが喧嘩をすることになった、その訳を聞かせてもらえやせんか」

真正面から目を見て問う次郎長に、文吉は怒気を孕んで言った。

「それは和田島に聞け」

「へい、わっしはここに来る前、和田島に寄って参りました。けど和田島は、『さっぱり心当たりがねぇ』と言います。それで親分さんに聞きに参ったとこういう訳でございます」

「そら、和田島に言えねぇ訳があるからよ」

「それを伺わせておくんなせぇ」

「じゃあ、言ってやろう。今からちょっと前、俺の身内の三左衛門って野郎が堅気の旦那の女房と手に手を取って駿河に駆け落ちをしやがった。身内がそんなことをされて黙ってたんじゃ俺の男が立たねぇ、どうあったって三左衛門を斬って首を旦那に届けて詫びるんだと、おらあ、乾分を連れて江尻に来た。江尻の近く、和田島には太左衛門がいる。太左衛門と俺とは兄弟分だ。俺は太左衛門に手紙を遣った。『和田島の兄弟、実はこうこうこうこうこういう訳で、おまえの縄張り内で三左衛門を斬らなきゃならなくなった。よろしく頼む』と。そしたら和田島は、今から恰度六年あと、鰍沢で武居の吃安と喧嘩して、武居の乾分を大勢殺した一件を、お上に知らせて俺を召し捕ろうとしやがった。そのことを和田島の身内の三馬政が知らせてくれなかったら、俺は危うく召し捕られるところだった。おい、長五郎とか言ったな。今すぐ和田島へ行って太左衛門にこう言え。『こんな汚ねぇ真似をする奴ア兄弟分でもなんでもねぇ。俺はどうでもおめぇを斬る。斬らなきゃ腹の虫が収まらねぇ』とな」

文吉が憤然と言うのを聞いた次郎長の頭に閃くものがあった。次郎長は言った。

「おめぇさん今なんと仰った」

「だーから、太左衛門が俺をお上に売って、召し捕ろうとしやがった、と」

「いえ、その後ですよ」

「その後、ってのは、えーと、だから和田島の身内の三馬政ってのが知らせてくれなかったら俺は危うく召し捕られるところだった……」

「それだ」

「なんだ、それって」

訝しげに問う文吉に次郎長は笑って説明をした。

ふたつの事実

興津川の北岸、名代の大親分、津向の文吉と対峙した次郎長は、その口から三馬政という名前を聞いて、すぐにピーンときた。

「あの野郎、三馬政ってぇやがった」

と思う次郎長の頭に浮かんでいたのは、次郎長が江尻の紺久方に入って行ったとき、「やるしかねぇだろう」と叫んで周囲を煽っていた男の顔である。

こらあ、あの野郎の仕業にちげぇねぇ。

次郎長は津向の文吉に言った。

「津向の親分さん、これはみんな、その三馬政が仕組んだことですよ」

「そりゃ、どういうことだ」

「へぇ、太左衛門はあーたを召し捕る気なんて、これっぽっちもございません。それどころか、あーたのためを思って紺久方に身を隠したんで」

「うーん、わからねぇ。じゃ、なんで三馬政が」

「さ、その三馬政ですよ。こいつがヘマをしでかして、太左衛門さんにこっぴどく叱られた。それを恨みに思って仕返しをしてやろうと思ったが、自分の力じゃかなわねぇ。どうしようかと思ってるとき、あーたが喧嘩支度で江尻へやって来て、太左衛門に手紙を寄越した。野郎、あー、これだ、と思った。つまり、あーたと太左衛門を仲違いさせて、あーたの手で太左衛門を討とう、と、こう思いやがったんですよ」

「なんだって、そう思う。証しはあるのか」

「へぇ、わっしは、ここに来る前、江尻ぃ行って、それからここにやって参りました。みんな喧嘩支度はしておりましたが、みな、あーたが強いことを知っておりますから、表向きは強がっていても腰は引けております。そんななか三馬政はひとりで騒いでみなを煽っておりやした。これが証しでごぜぇやすよ」

「成る程。以て紛擾《ふんじょう》を醸す、ってやつか」

「そんな、英語で言われても」

「英語じゃねぇ」

「兎に角、そういう訳で、こらぁ、みんな三馬政の仕組んだことですよ。なんで津向の親分さん、わっしが三馬政の首を持って来るまで、もうすこーし、ここで待っててくださいましよ」

次郎長がそう言うのを聞いた津向の文吉、にっこり笑い、

「清水港の次郎長とか言ったな。いい漢だで。今回ばかりは俺の縮尻《しくじり》だ。三馬政のことはおめぇに任せる。そうとわかったら太左衛門に他意はねぇ。おらぁ、引き揚げるぜ。太左衛門のところへ行ったら、文吉が済まねぇと謝っていた、とこう伝えてくんねぇ。よろしく頼む」

と言って次郎長に頭を下げた。したところ。

これを見ていた周囲がざわついた。

というのはそらそうだ、津向の文吉と言えば甲州名代の大親分、それが、たった一人で突然やってきた、遥か年下の、どこの馬の骨ともわからないような若い奴に深々と頭を下げたのだから驚くに決まっている。

「お、親分が頭を下げたぜ」

「すげぇ」

と、周りの奴らが言うのを聞いて次郎長は得意の絶頂、鼻をおごめかせて、

「そいじゃ、御免なすって」

と芝居がかって土手の上にかかってくる、その背を見送って文吉は呟いた。

「次郎長か。奴はでかくなる」

文吉はそう言って暫く動かない。それに一の乾分の瑠五郎が声を掛けた。

「親分、そうとわかったら早く引き揚げやしょうぜ。役人が来るかもしれねぇ」

「うむ」

と返事をしながらも暫くの間、文吉は目を閉じ、腕を組んで床几に座ったままでいた。

なぜならその股間がでかく怒張していたからである。


土手上に上がった次郎長は重蔵を呼んだ。

「おい、重蔵、いるか」

だが返事がない。

「ははーん、さては俺が殺されると思い込んで逃げやがったな。臆病な奴だ」

次郎長は重蔵を嘲笑った。

そしてすぐに真顔になり、

「いや、笑ってるバヤイじゃゃねぇ。早く三馬政をとっ捕まえねぇと」

と言い、飛鳥《ひちょう》の如くに駆け出した。


扨、その頃、紺久方には重苦しい気配が立ちこめていた。

血相を変えて戻ってきた重蔵が、

「次郎長は殺されたぜ」

と報告、

「なんだとお、嘘じゃあるまいな」

聞き返す太左衛門に、

「なんの嘘であるもんか、俺はこの目で見た」

と言ったからである。

「そうかー。次郎長が死んだか」

と紺久が苦り切った。こうなればもはや決戦は避けられない。だけどはっきり言って勝ち目がない。上辺では、「弔い合戦だ」「俺が文吉を叩っ斬る」「死ぬ気でいこう」など威勢のいいことを言い合ったが、言葉は虚しく、内心では、そこにいる全員が死を思い、そして生を思っていた。

そして一瞬、みなが黙りこくったとき。表の方《かた》から、

「おーい、てめぇたちっ」

とおらぶ声が聞こえた。

「すは、敵か」

と一同、驚き惑い、身構えるところ続けて、

「敵はこン中だ、こン中に敵がいるぞ」

と言いながら駆け込んでくるのを見て二度、驚いた。なんとなれば。

駆け込んできたのが文吉に殺されたはずの次郎長であったからである。

「次郎長、てめぇ殺されたんじゃなかったのかいっ」

「なにが殺されるものか。そんなことより、三馬だ、三馬政を捕まえろ」

「三馬の兄哥を？　そらどういうこったい」

「どうもこうもあるかい。こらみんな三馬の差し金よ」

「そうだったのか」

「そうだよ。早く三馬を捕まえろ、三馬はどこだ」

「三馬ならたった今、二階に上がってってったぜ」

「野郎、二階から屋根伝いに逃げる気だな。そうはさせるか」

と次郎長、二階へ駆け上がった。だけど三馬政はもうそこにはいなかった。悪いことをする奴というのはすばしっこいもの、次郎長が表の方まで来た時点で悪事露見を悟って二階へ駆け上がり、「敵、この中に在り」と叫んだときすでに屋根庇に駆け下り、二階へ駆け上がったときにはすでに裏の畠に飛び降り、一同が開け放った窓から外を覗き込んだときには、もう畠の向こうの林に駆け込んでいた。

「あぶねぇ、あぶねぇ。もう少しで捕まるところだった」

林を駆け抜け、街道の外れまで来て、ようやっと立ち止まって一息つき、思わず呟いた三馬政はしかし、

「けど、安心はしていられねぇ。いずれ追っ手がかかるにちげぇねぇ。どうしよう。そう

だ、俺がこんなことになったのも、元はと言えば三左衛門のせい。とりあえずは三左衛門のところに匿ってもらおう。おおそうだ」

そう言って三馬政はまた駆けだして府中は馬場の宿にかかってくる、宿外れの裏長屋、路地口に立って、

「いつ来ても汚ねぇところだで」

と言うと右左、後ろを見て蹤けてくるものがないのを確かめると路地へ入っていき、一番奥の、昼間から閉めきった戸に手を掛けると、カラカラカラ、と言いたいところであるが、建て付けが悪いからそうはいかない、ガタピシ、と力任せに開け、

「おい、いねぇのかい」

と声を掛ける。そうしたところ、薄っ暗い部屋、端正な顔をした二十七、八の男が布団の上に胡座をかいている。

「なんだ、居るんじゃねぇか」

と言って上がってくる三馬政の顔を見、

「おお、政さんか、今日はどうしました。脇本陣で馬子がうどん食べてるみたいな顔して」

とノンビリした声調で言った。それとは裏腹に三馬は切迫して、

「政さんか、じゃねぇやな。おめぇのせいで俺ぁ、えれぇ目に遭ったんだぜ」

「えれぇ目、そりゃ、どういうこってす」

「どうもこうも、おめぇが言ったとおり俺は津向の文吉つぁんを焚きつけて和田島と喧嘩になるように仕向けたのよ」

「ああ、そうだ。おまえは、おまえが好きだった男がおまえを振って太左衛門に靡いたって恨みがあるからな」

「そうよ」

「そしたら、うまくいったろ？」

「ああ、うまくいったよ。おめぇの言う通り、堅気のお神さんを誑かし、手に手を取って駿河に逃げたおめぇを追いかけて江尻へやってきた文吉つぁんに、『どうか気をつけておくんない、太左衛門がお上の威光を笠に着ておまはんを召し捕ると言ってますぜ』と言ったら文吉は火の玉になって怒って太左衛門に喧嘩状を叩きつけた」

「そうだろ。私の言ったとおりになった」

「そこまではそうさ。だけど、そっからが違っちゃったんだよ」

「どうなりました」

「清水の次郎長って野郎が……」

「ん？　いまなんと言いました」

「清水の次郎長」

「ふーん。そうですか」

「その次郎長が、たった一人で津向の勢のなかに乗り込んでって、文吉つぁんと直談判、『こらあ、三馬の仕業だで』ってことになって、俺は危うく首にされちまうところ、すんでのところで逃げてきたんだぜ。これというのも元はと言えばおめぇの悪事から始まったこと、すまねぇが暫くここに匿ってもらうぜ」

「それは困りますね、まるでスルメの洗濯だ」

「なんで」

「なにしろここは駿府の城下です。おめぇの知り合いも多い。そんなら江戸か上方にでも逃げた方がいいですよ」

「まあ、それでもいいが、急廻文が回ってるだろうから。津向や和田島の息がかかったところでは仁義は切れねぇ。となると宿屋に泊まるしかねぇがそれには銭がいる」

「そうだな」

「すまねぇが用立ててくんねぇ」

「ないですよ」

「ない、そんなこたねぇだろう、おめぇ、およしさんと逃げるときに家の金をごっそり持ち出したんじゃねぇのか」

「ああ、持ち出しました。だけど、こないだうち、みーんな、博奕で負けてとられちゃいました。はは、おもしろい」

「笑ってやがる。ちっともおもしろかねぇや。そういや、およしさんの姿が見えねぇがどうした、用足しにでも出掛けたか」

「あー、およしはもうおりません」

「え、死んだのか」

「いや、そうじゃねぇ、博奕の借金の形代にしたんです。女衒が来て連れていきましたから、いまも元気に飯盛かなにかをしているはずですよ」

「悪すぎる」

「ところで、その横手から出てきた次郎長という男、私、よく知ってますよ」

「あ、そうなのかい」

「ええ、つい二月前も天竜川の川原ですれ違いました。というか、私はあの男を子供時分から知ってますよ」

というその、いまは三左衛門と名乗り、端正な顔と理知的な物腰で女をコマし、さんざん楽しんだ後、宿場女郎に叩き売る、という極悪行為を繰り返して恥じないその男は。

そう、幼い次郎長が恋した相手、養母・直と手に手を取って逐電した、あの福太郎のなれの果てであった。

「そうだったのかい」

と三馬政が気のない様子なのは、だからと言って自分が直面する窮境がどうなるわけでもないからである。だから遠い目をして過去を回想する様子の三左衛門こと福太郎の膝に手を掛けて言った。

「それはいいが、俺はどうなる」

三左衛門こと福太郎は言った。

「それについては私にいい考えがあります」

福太郎が静かな口調で話を始めた。

「どうするんでぇ」

「町奉行所に行きなさい」

「やだよ。お縄になる」

「なんでお縄になるんですか」

「だって、俺は、おまえ……、あ?」

「でしょ、なにもしていない」

「あ、そうか。じゃあ、でもなにしにお奉行所に行くんでぇ」

「奉行所に行ってこう言うんですよ。『私は見ました。和田島の太左衛門と津向の文吉がそれぞれ何十人もの身内を集め、槍鉄砲などの武器を携えて、興津川の川原で殺し合いをしています。これは明確な違法行為です。直ぐに捕まえないと一般市民に被害が及びます。捕まえてください』ってね」

「なるほど、そらあ奉行所からしたらとんでもないことだ。与力の旦那、馬に乗って駆けつけるにちげぇねぇ」

「そうすると、どうなります」

「太左衛門も文吉も身内もみんなお縄になる」

「そうすると、どうなります」

「俺は捕まらねぇ」

「でしょ。そうなりゃもう、おまえは、水の上のたん瘤みたいなものじゃないですか」

「なるほどね。じゃ、おら、さっそく行ってくるで」

「ああ、そうなさい」

「じゃあな。いろいろありがとよ。縁と命があったらまた会おう、あばよ」


「行っちまいやがった……」

慌ただしく出て行った三馬政の後ろ影を見送った福太郎は暫くの間、ボンヤリと座って、ムヤミに煙管をふかしていたが、やがてポンと火種を落とすと徐《おもむろ》に立ち上がり、薄暗い部屋の中で優美に舞い始めた。

本当に、本当に美しい舞であった。だがその舞を見る者はない。また、福太郎はこれまで一度も人前で舞を披露したことがなかった。

ひとしきり舞った福太郎はふと動きを止め、聞き取れないほど低い声で何事かを呟くと、スタスタと歩き、玄関から表へ出て行った。

それから暫く経った頃、和田島方が集まっていた紺久方に役人たちが乗り込んできた。

「上を憚らず槍鉄砲を相携え、争闘に及ぶとは不届き至極。大人しく縛《ばく》に付け」

馬上から与力がそう言うと小者が、わっ、と押し寄せる。

そうしたらもう、いくらやくざ者が強いからといっても抵抗できない。相手が同じやくざなら喧嘩にもなるが上役人が相手となれば端から勝負にならないのは判りきっている。だとすれば仰る通り大人しくお縄になるか逃げるしかない。

「どうするよ、縛に付け、つってるぜ。縛に付くか」

「誰が付くか。逃げるに決まってるだろ」

「だよな」

なんて話し合う余地すらなく四方八方に逃げる。役人はこれを追いかける。

逃げる者があった。そして捕まる者があった。次郎長はどちらであっただろうか。

勿論、はしこい次郎長である。三馬政を追い、こりゃどうも逃げられた、となって紺久方に戻ろうと近くまで来たところ、次郎長はなにか嫌な気配を感じ、一緒に居た虎三、直

吉、千代松に、

「ちょっと待て」

と言い、「なんでぇ、どうしたんでぇ」訝る三人に、「いいからちょっと隠れろ」と促して脇の路地に入った。そうしたところ、その直ぐ鼻先を、角を曲がってやって来た町奉行所の連中が、その鼻先、目の前を通っていった。

蓋し人間離れした次郎長の危機察知能力であった。

奉行所の手が回ったことを知った四人は箱根に走った。

なんで箱根なのかというと、海道には既に手配書が回っており、西に逃げようが東に逃げようが途中どこかしらで誰何され、お縄になるに決まっており、それ故、箱根の山中に身を隠し、ほとぼりが冷めるのを待とうと考えたからである。

こんなことはやくざにはよくあることで、人殺しをする際は、腹にスルメや鰹節を巻いていった。それらは防刃対策になると同時に山中での食糧となったのである。

だが、此の時、次郎長らにそんな用意はなかった。泡食って逃げた訳だから。じゃあ、箱根の山の中で彼らはどうやって生きたのか。

それは箱根の山を越える一般旅行客や雲助相手の博奕でこれを凌いだ。則ち山中の洞穴や無人の小屋、或いは自分たちで小屋掛をし、これを塒としながら、それらを相手に街道筋に出没し、野天賭博を開帳して銭を巻き上げ、酒や餅、菓子などを買い込んで籠もり、銭が尽きるとまた博奕をして銭を稼いだのである。

そんなことをして数ヶ月、山中に隠れ、

「さすがに疲れてきたぜ」

「もうそろそろいいんじゃネーカ」

「そうだな」

ってことになり、箱根の関所を避けて尾根を辿って小田原に逃れたのが弘化二年七月の半ば頃であった。


小田原宿と言えば昔も今も繁華な城下町である。その小田原に着いて、

「さあ、どこへ落ち着こう」

という話になった時、次郎長が言った。

「この小田原には佐太郎という男がいて、俺とは随分と仲がいい。そしてまたこの佐太郎というのがいい男だ。いつも顔を合わす度、『兄弟、小田原に来ることがあったら必ず俺のところに寄ってくんねぇ。素通りなんかしやがったらただおかねぇぞ』とこう言っていた。行けばきっと悪いようにはしねぇはず。あそこで暫く厄介になろうじゃねぇか」

「そりゃあ、いい。そうしよう、そうしよう」

ということになって、四人、佐太郎の家へ向かった。その道すがら虎三と直吉、話をし

ている。

「佐太郎ってのは小田原ではいい顔なんだろうね」

「マアなかなかのものでしょう」

「じゃあ、あれだな。それなりのお取り持ちをしてもらえるかな」

「してもらえますでしょう」

「それよりなにより箱根の山ン中じゃ、岩屋で寝たり小屋掛をしたりと散々だった。畳の上で蚊帳ンなかで寝られるのが蚊に食われねぇだけありがてぇや」

「それもそうだな。屋根があって畳があって布団がありゃ、それだけでありがてぇ」

「それに米の飯」

「そうだな」

「それに酒」

「厚かましいね、どうも」

「それにしてもまだ着かないのかな、おい、次郎さん」

「なんだ」

「佐太郎さんのお宅はまだ遠いのかね」

「うん、確かこの辺りなんだが、おかしいな。ちょっとここで聞いてみよう」

と次郎長、傾いていまにも倒れそうな汚い長屋が並ぶ路地の、戸を開け放ったというの

ではない、おそらくは冬のうちに薪にして燃してしまったのだろう、戸がない一軒に向かって、

「ごめんください」

と声を掛ける。

「なんだ」

と言う声がして奥から出てきた年の頃なら二十七、八、目つきの優しいいい男、この男こそ誰あろう、小田原の佐太郎その人であった。

「おお、佐太郎」

「おお、次郎」

意外な出会いに驚いて互いに名前を呼び合い、久闊を叙した後、次郎長は不意に言った。

「ところでおめぇ、こんなところでなにやってんだ」

それを聞いて佐太郎は不思議そうな顔で言った。

「こんなとこもなにも、ここは俺の家だよ」

次郎長は驚愕して言った。

「ここが、おめぇの家か」

「そうよ」

「そうか。そりゃあ、そりゃあ」

と次郎長、その先、なんと言ってよいかわからない。その後ろで虎三と直吉、

「おい、聞いたかい」

「ああ、聞いた。ここが佐太郎の家だとよ。見ねぇ、畳なんて一枚もありゃしねぇ。おまけにほら、屋根に穴が空いて家の中から空が見えてら。これじゃあ野宿してんのと変わらねぇ」

なんつってる。


「つもる話は後だ、さっ、汚ぇところだが兎に角あがってくんねぇ」

「汚すぎるぜ」

「しっ、聞こえるぜ」

「まる聞こえだ。だけど本当だからしょうがねぇ。おい、お光、客人だ。酒を買ってこい」

と屈託のない佐太郎、なかにいるらしい内儀さんに声を掛けた。ところが間髪入れずに返ってきたのは、

「そんなこと言ったって、おまえ、お足がないよ」

という声、佐太郎、頭をかきかき、

「面目ねぇ。このところどうにもこうにも負け詰めで、都合が付かねぇ。なんとかするか

らちょっと待ってくんねぇ」

と言い、方々を駆け回って、いくらか銭を工面してきて、ようやっとその日のご飯ごしらえをする。その日は泊まって翌日の午過ぎ、佐太郎は次郎長の前に座って言った。

「兄弟、ひとつ頼みがあるんだが」

「なんでぇ」

「こうやっておめぇが来てくれたんだ。俺もなんとかしてぇから、少しばかり金を貸してくんねぇ。今日こそは勝ってくるから」

とそう言われて、「いっやー、それはどうかなー」とかなんとか言って渋るようでは男稼業は務まらない、

「なんだと思ったらそんなことか。構うことたねぇ、さ、持ってきな」

とありったけの銀両を佐太郎に与えた。

「ありがとよ、じゃあ、行ってくるぜ」

「ああ、行ってきな」

と勇んで出かける佐太郎の背中を見送った。

そして夜になった。しかし佐太郎は帰ってこない。

「あの野郎、なにしてやがんだろうな」

「博奕で儲けた金で食らい酔ってやがるんじゃねぇか」

「ふてぇ野郎だ。帰ってきたら全身をくすぐって笑い死にさせてくれる」

「なははは」

「にゃははは」

なんて言い合っていたが、それでもなかなか帰って来ないので、やがて寝てしまう。

盛夏。今の時代のように冷房なんて気の利いたものはないから暑い。暑いから着ているものやなんかみな脱いでしまい、褌一つで眠り呆けている。

そしてすっかり夜も更けた頃、家のなかに忍び入る黒い影があった。その者は、大口を開けて眠っている次郎長だちの様子を窺うと、枕元に投げ出してある着物を残らず小脇に抱え込み、それからもう一度、次郎長だちを見て、

「へっ」

と笑い、そのまま表へ出て行った。

つまりは盗人なのだが、表に出て月明かりに照らされた盗人の正体は誰あろう、この家の主・佐太郎その人であった。

そして先程は暗いなか、よく見えなかったが、その盗人は裸であった。

その気配を察したのか、どこかで犬が吠えた。

「おっと、こうしちゃいられねぇ」

そう呟くと佐太郎は人気のない夜道を駆けだした。

翌朝。佐太郎方では一人と四人が相対していた。一人は佐太郎、四人は次郎長だちであったが、それにしても異様の光景であった。なんとなれば、相対した五人が五人とも下帯一つ、それ以外にはなにも身につけておらなかったからである。

四人は憤懣やるかたないといった様子で佐太郎を責め、佐太郎は頻りに詫びていた。

一体全体なにがあったのか。

一言で言うと、佐太郎は不始末であった。

「今日こそ絶対に勝つ」

そう確信して博奕場に出掛けていった佐太郎であったが、ついてない時というのはトコトンついてないものである、次郎長に借りた金をアッと言う間に取られて、とうとう一文なしになってしまった。その際、佐太郎は思った。

おかしいなあ。絶対に勝つはずなのだが。

そして、これはなにか間違いに違いなく、もう一度、張れば絶対に勝つ。こんなおかしなことがいつまでも続く訳がない、と思った。だが、もはや金がない。金がないと張れない。そこで着ていた着物を脱いで、いくらか融通してもらい張った。俗に言う、トバを跳ねる、というやつである。ところが。

そこまでしているのにまだ勝てない。

ならばこそ、次はもうなにがあっても勝つ。

そう思った佐太郎は、

「これでお願いしたい」

と言い、右手の人差し指で左の腕をとんとん叩いた。だけど、

「ダメだよ。おまあん、今日はついてねぇようだ。もう帰ったらどうだい」

とあからさまに言われてしまった。

というのはそらそうだ、貸元からすれば佐太郎の腕をぶった斬って、それをもらったところで、どっかに持ってって換金できるわけでもなく、なんの儲けもない。

それどころか、そこいらが血で汚れて掃除は大変だわ、他のお客さんは怖がるわ、でなんのいいこともなく、体よく追い払われるのは当たり前の話だった。

だけど佐太郎からすると納得がいかない。

あと一回、勝負すれば勝つことが明白なのに、それをさせないというのは一体どういうつもりなのか。阿漕にもほどがある。ここはなんとしてでももう一回、勝負をしてこれまでの損失を取り返したい。だけど金がない。金がないと勝負ができない。悲しいことだ。

そう思いながらスゴスゴと夜道を歩くうち、佐太郎の脳裏に名案が閃いた。

その名案とは。

そう、次郎長たちの衣服を持って行けば、もうひと勝負できる、おお、そうじゃ。と考

えついたのである。

その結果、どうなったか。

翌朝、丸裸での帰宅と相成ったのである。


それより少し前、目を覚ました次郎長らは着物のないことに気がつき首を傾げた。

「あれ、着物がねぇ」

「俺っちもねぇ」

「俺も」

「俺のもねぇや」

「みんなねぇのか。どうなってるんだ。ちょいとお光さん、俺たちの着物が残らずねぇんだが、おまあん、知りませんか」

「さあ、知りませんねぇ」

となると盗人の仕業にちげぇねぇ、ううむ、ふてぇ野郎だ。

と一同が口惜しがっているところに佐太郎が裸で帰ってきたのである。その姿を見て次郎長はすべてを了知して言った。

「佐太郎、俺たちの着物がねぇんだが、おめぇの仕業だな」

「兄弟、すまねぇ。ちょっとした手違いがあって、おめぇたちの着物を借りたんだが返《けぇ》せなくなっちまった」

「その、手違い、ってのはなんだ」

「絶対に勝つ予定だったんだが、どういう訳か、思ったような目が出ねぇ」

「どういう訳もこういう訳も、そりゃ、負けた、つんだよ」

「ま、そうとも言うな」

「じゃ、なにか、おめぇは、てめぇが丸裸になったうえ、俺たちの着物を勝手に持ち出して勝負して、全部とられて帰ってきた、とこういう訳か」

「誠に以て相すまねぇ」

「相すまねぇじゃすまねぇんだよ。てめ、どうするつもりだ」

激昂して叫ぶ直吉に向かって佐太郎は言った。

「もうこうなったら仕方ねぇ。女房を売って弁償しよう」

「お光さんを女郎に売るってぇのか」

「ああ。これも身から出た錆だ」


「まあ、そうだな。じゃあ、そうしてもらおうじゃねぇか。なあ、次郎」

直吉にそう声を掛けられた次郎長は、腕を組み、目を閉じて、暫時、考えた挙げ句、

「たかが着物一枚のために、その人の女房まで売らせるというのは、どうにもぞっとし

ねぇ」

　と言い、

「じゃあ、どうすんだよ」

　と言う直吉に、

「ちょっと待て」

　と言うと財布を持って来ると、これをはたき、

「小銭が少しばかりある。とりあえず武蔵に行こう」

　と言った。

「武蔵に行ってどうするよ」

「高萩の万次郎さんのところへ厄介になろう」

「次郎長、すまねぇ」

「高萩の万次郎さん、名前は聞いてる。いい親分らしいな。じゃあ、そうしよう」

「やかましいやい。けどまあ、世話になった。じゃあ、俺たちは行くぜ」

「ほんとうにすまなかった」

「まあ、しょうがねぇやな。あばよ」

　そう言って裸で発っていった四人の後ろ姿を見送って佐太郎は、次こそは絶対に勝つ、と心に誓っていた。そんな亭主を見てお光は客が帰った解放感と得体の知れぬ憂悶を同時

に感じていた。

全裸旅行のたのしみ

人間とケダモノ、どこが違うか。学校では、火の使用、二足歩行、なんて習ったが、猿は立って歩くし、寒い折、焚き火をすれば猿も当たりに来る。

そんなことよりもっとわかりやすい人間とケダモノの違いは、「吾輩は猫である」の猫が言っている通り、着物を着ているかいないかで、犬や猫は着物を着ない。猿も着ない。だけど人間はどんな貧乏な人間でも表を歩くときは着物を着ている。

ところが弘化二年夏、小田原の佐太郎のところを出て武州高萩に向かった次郎長、虎三、直吉、千代松の四人は下帯ひとつの丸裸であった。

いい若い者が四人、揃いも揃って衣服を着ていないのだから目立って仕方がなく、否が応でも周囲の視線を浴びた。

「なんだ、ありゃ」

と訝しむ者があるかと思うと、指を差してゲラゲラ笑う者、絶対に目が合わないようにしながらだけどチラチラ見てくる者など、反応は様々だが、いずれにしても決まりが悪いこと甚だしかった。

「どうにも決まりが悪くってしゃあねぇや」

とこぼす虎三に次郎長、

「ナーニ、下ァ向いてコソコソするから決まりが悪いのよ。真っ直ぐ向こう向いて堂々としてりゃあ、なにが決まりが悪いものか。向こう向いて歩け」

と言った。

「そうか。じゃあ、やってみよう。どうすりゃいいんでい」

「俺を見習え。こうやって背筋を伸ばして前を向いて歩け」

「なるほどな。そうすりゃ、決まりが悪くない。そうだな、次郎長」

「いや、やってみたら余計、恥ずかしい」

「じゃあ、ダメじゃねぇか」

「やむを得ない。やはりコソコソして行こう」

なんて阿呆なことを言いながら四人、ようやっと所沢までやってきた。

「あー、まだ、所沢か。先は長ぇな」

「昼夜兼行できたからえらくくたびれた。休憩しよう」

と茶店に入る。

「邪魔するで」

と腰掛けると奥から、

「いらっしゃいまし」

と婆が出てくる。当然、身なりについてなにか言われるかと思ったらなにも言わないで平然としている。不思議に思った千代松が、

「婆さん、俺たちが裸なのをなんとも思わないのかい」

と問うと婆、

「わしは年をとっとるでもういろんなことに麻痺して娘のようには驚かぬわい」

と言い放った。次郎長はこれを、

「頼もしい婆だ」

と称賛した。そのうえで次郎長はある提案をした。

「さっきから歩きながら考えてたんだがな、小田原を出てからこっち歩き詰めで俺たちはたいそう疲れている。そんな俺たちがこのまま道中したらどうなる」

「疲れて死んでしまう」

「そうだよ。そしてそれだけじゃない」

「なんだ」

「俺たちは裸だ。この裸のままで高萩に行ったら俺たちはどんな扱いを受けると思う」

「はっきり言って」

「笑いもの」

「そうだよ。笑いものだよ。つまり俺たちは疲れていること、それから裸であること、このふたつをなんとかしなきゃなんねぇ」

「なるほどな。でもどうすりゃいいんだろう」

「さあ、それよ。俺の思うにな、駕籠を雇って、これに乗って高萩までいけばいいんじゃねぇかと思うんだな」

「なるほど、駕籠に乗りゃあ、疲れはとれる」

「そればかりじゃねぇ、駕籠に乗ってりゃあ、きまりの悪い思いをしないでも済む。そのまま宿屋に乗り付ける。宿の方でも裸で歩いてきたなら、なんだ、こいつら、と怪しむだろうが、駕籠で乗り付けりゃあ、怪しまねぇで部屋へ案内するだろうよ。そっから後のことは後のこと、とにかく高萩まで来たんだから、後はもう手紙を遣るなりなんなりして、改めて考えようじゃねぇか」

「なるほど、おめぇの言う通りだ。じゃ、そうしよう。おい、婆さん」

「駕籠をな、四挺あつらえてもらいてぇんだがな」

「へぇへぇ」

「へぇへ」

というので蜘蛛駕籠を呼びにやる。それでやってきた駕篭屋はしかし、次郎長等の姿を

見るなり、

「なんだ、こいつら裸じゃねぇか」

「大方、博奕で負けて丸裸になりゃあがったんだろう」

と身に覚えがあるのか図星を指し、

「こんなんじゃ、酒手はもらえねぇな。酒手どころか駕籠賃だって怪しいや」

など言い、

「けぇろう。かえってもっと羽振りのいいお客が通りがかるのを待とう。それが無理なら仲間内で賭博をしよう、その方が楽しいよ」

「そうだな、そうしよう」

と言って帰っていった。


これにより当初の計画が挫かれ、仕方ない次郎長たちは茶店の婆さんに頼んで安手の単衣ものを一枚、とりあえず入手した。

本来は四枚欲しいところであったが、生憎と一枚しか手回らなかった。

「まあ、これでもないよりましだ。とにかく高萩まで行って、宿屋に落ち着いて、後のことはそれから考えよう」

「けどよう、一人はそれでも着物を着てるからいいが、後の三人は泊めて貰えるかい。街道の雲助にすら怪しまれたのによ」

「まま、そんときになりゃなんとかならあな」

「それもそうだな」

日暮れ前、高萩に着いた。水戸藩附家老中山備前守様の御城下でなかなかに栄え、宿屋も建ち並んでいる。その城下町を珍妙な四人連れ、道行く人の好奇の視線を浴びながら、ここまで来るうちにそれにも慣れたのか、たいして気にする様子もなく話をしながら歩いている。

「さ、高萩だ。とにかく、宿屋に落ち着こうじゃネーカ」

「おお、そうだ、だが着物を着ているのは次郎長、おめぇだけだ。他の三人はどうやって上がる」

「おー、そこよ。それについては俺に考えがある」

「どうすんだ」

「それはな……」

と次郎長が説明すると、

「うん、それはいい。そうしよう」

と衆議一決、四人は亀屋という宿屋の前に至った。そうして、

「よし、じゃあ、まず俺だ。おまえらは、そうさな、その路地口あたりに隠れていねぇ」

と着物を着ている次郎長が言い、なかに入って行った。

「ごめんよ」

「いらっしゃいまし」

「泊めて貰えるかい」

「ええ、それはもう。お一人さんにございますか」

「いや、私を入れて都合四人」

「四人さんですか。それはそれはありがとう存じます。おーい、四人さん、ご案内だ。おすすぎ持てこう」

「いやいや、後の三人はおっつけ来る」

「あ、さようでございますか。それではお一人さん、ごあんなーい」

案内されて街道に面した二階座敷に上がる。上がるなり次郎長、茶を持ってきた番頭に聞こえるように、

「いっや、今日は暑かった。うだるような暑さだ。着物なんて、とてもぢゃネーガ、着ちゃあいらんねぇ」

と大声で言い、開け放った窓に寄って風に当たるような恰好をした。

「そんなに暑かったですかねえ。ま、どうぞごゆっくり」

と番頭が階下へ下りたのを確認して次郎長、往来の様子を窺った。もはや日は暮れて、

人の姿がボンヤリとしか見えない。その往来に向かって、

「おい、おいっ」

と声を掛けた。そうしたところ闇に紛れて、まるで阿呆みたいな影が蠢いた。その影、目がけて次郎長は着物を投げた。ややあって。


「ごめんよ」

と宿屋に入って来たのは虎三であった。

「いらっしゃいまし」

「俺ァ、四人連れの一人なんだが先に着いてる野郎がいるだろう」

「ええ、お着きでございます。ご案内いたします。お一人さん、ごあんなーい」

とて二階へ上がる。上がるなり虎三は、

「窓に寄ればちったあ涼しいかい。いやさ、今日は一日、走り回って汗みずくだよ。着物なんか着てたら死ぬよ」

と言って裸になり、「なんてえ暑がりな人たちだ」と呆れる番頭が下がるのを見届けてからこれを往来目がけて投げた。

直吉、千代松も同じ手順を踏んで投宿した。つまり一枚の着物を四人で着回して投宿したのであり、はっきり言ってアホである。

といってしかし着物は一枚しかない。ゆえ滞在中、少なくとも三人は裸でいなければならない。それを取り繕うために四人は頻りに、

「暑い」

「暑さで死ぬ」

「皮膚が溶けそうだ」

「汗が六斗出た」

など言い、それが寝るまで続いた。

だがこの日、高萩では夕方から涼しい風が吹いていた。それゆえ宿の者たちは、

「あの二階のお客さん、どれほど暑がりなのだろう」

「よほど寒い国から来たのだろう」

「笑わしよんな」

など言って訝った。

苦労して行ったけどすぐ飽きた関東

翌朝、宿の女中が、

「二階のお客さん、おはようございます」

と言いながら部屋に入って来て驚いた。流石にもう着物を着ているだろうと思った四人の男が相変わらず裸でいたからである。驚いて敷居のところで固まっている女中を見て、慌ててなにか言いかけた虎三を次郎長は制し、そして、

「もうこうなったら隠したってしょうがない。ねぇやん、正直に話そう。俺たちは駿河の者で、高萩は万次郎さんの縁を頼みに、ここにやってきた。ところがその道中、ちょっとした手違《てちげ》えがあって、面目ねぇ、こんな恰好になっちまった。そこで、ねぇやん、折り入って頼みがあるんだが、この儘じゃ、万次郎親分にお目に掛かることができねぇ、なんで、すまねぇが、ねぇやん、なんでもいいから俺たちに着物を貸して呉れねぇか。その着物を着て、万次郎親分のところへ行きせぇすれば、後のことはみんな親分がいいようにしてくださるはずだから、すまねぇ、この通りだ、どうか着物を貸してくんねぇ」

と言って頭を下げた。それを聞いた女中は、ポカンとした顔をして、

「そうですか。わかりました。少々、お待ちください」

と言って階下へ降りていく。その後ろ影を見送って直吉が言った。

「随分と正直に打ち明けたものだな」

「まあな。人間はやはり正直が一番なんだよ。正直に語れば真心は伝わるものだよ」

次郎長はそう言って鼻をおごめかせた。

一方その頃、帳場では。

「なんだって？ 二階の裸ん坊が万次郎親分のところの姐さんの知り合いだから着物を貸せ、って言ったって？」

「ええ、そう仰いました」

「そりゃ、騙りに決まってる。おい、誰か。親分のところへ行って知らせて来なさい」

「へい、なんと知らせましょう」

「姐さんの知り合いを名乗って着物を騙しとろうって輩が家に泊まってます。捕まえに来てください、とな」

「承知いたしました」

ということで若い者が万次郎方に報せに走る。

これを聞いた万次郎方では、「なにい？ 姐さんの知り合いを名乗った騙りだとお？

ふてぇ野郎だ。すぐに行ってぶちのめさねばなんめぇよ。さ、誰が行く？」という話になり、

「あっしが参りやしょう」

と名乗りを上げたのが、数ヶ月前に駿河からやってきて万次郎方に草鞋を脱ぎ、そのまま厄介になっている清五郎という客分であった。

「わっしがここン家に草鞋を脱いでもう三月にもなる。その間、たいして働きもしねぇわっしに姐さんは随分とよくしてくださる。その姐さんの名前を騙る野郎をおいら、どうしても許せねぇ。どうかわっしに行かせておくんなせぇ」

「そんじゃ、清五郎さん、行ってきてください」

「ありがとうござんす」

というので右手に棒、左手に銭一貫をぶら下げて亀屋に乗り込んできた。

「あ、清五郎さん、ご苦労さんです」

「うん、そいつらはどこにいる。ああ、そう、二階の間、わかった。うん、危ないからおまえさん方は階下にいてくんねぇ」

番頭にそう言うと清五郎は二階へ上がって、

「こらぁ、乞食、どこにいる。よくも姐さんの顔に泥を塗って呉れたな、畜生ども。銭が欲しいなら恵んでやる。その代わり、この棒を食らわしてやるから覚悟しろっ」

と喝叫、次郎長たちのいる座敷に踏ン込んできた。

「おい次郎、棒を食らわすってやがるぜ。真心はどこ行っちまったんだい」

「おっかしいな。真心があれば大丈夫なはずなんだが。兎に角、話し合いで解決しよう。暴力はいけない」

「ふざけるなっ」

「げらげらげらげら」

と次郎長たちは笑ったが、

「なにがおかしいっ」

とますます腹を立て、今まさに殴りかからんと、手前にいた次郎長の脳天に狙いを定めて棒を振りあげた清五郎であったが、

「ん？」

と言って首を傾げ、その次の瞬間、振りあげた棒を下ろし、

「兄弟じゃねぇか」

と言った。それとほぼ同時に次郎長も、

「清五郎」

と言い、二人は抱き合って踊った。そう、ふたりは五分の盃を交わした、飲み分けの兄弟分であったのである。

「兄弟、ところで、おめぇともあろう者が、その恰好はいったいどういう訳でぇ」

「それが恥ずかしい話なんだが……」

と次郎長、小田原での一件を清五郎に事細かに話した。すべてを聞いた清五郎は言った。

「そら、兄弟、ちっとも恥ずかしい話じゃねぇぜ」

「そうか」

「そらそうだ。他人の女房を売り飛ばすのはよくねぇから、ってんでてめぇが裸で道中する。それでこそ男、男の愛だよ。さ、さ、兎に角、万次郎親分のところへ行こう。俺ももう長いこと厄介になっているんだが、気持ちのいいところだよ」

「ありがてぇ。じゃあ万事、よろしく頼むで」

という訳で、次郎長だち、亀屋で着物を借りて万次郎宅に向かい、万次郎にも面会、

「ああ、清水の次郎長か。噂には聞いていた。噂通りいい男だな。ああ、何日でもゆっくりしていってくんねぇ」

と言ってもらい、客分として待遇された。

尾張でそうであったように次郎長はここでも頭角を現し、ちょっとの間にすっかりいい顔になった。

だから居心地がいい。居心地はいいのだけれども、なにかこう、すっかり満足できない気持ちが次郎長の中にあった。それは、むなしさ、であった。

賭場に顔を出すと、「兄哥、兄哥」ともて囃される。だけど、居なくなると、「あいつも大したことねぇよな」と陰口を言っているのを次郎長は知っていた。すぐに自分は誰それと兄弟分、どこそこの親分に気に入られている、と自慢話をする。口喧嘩には強いが、実際の喧嘩になるといつの間にか居なくなっている。要するに実がなくて軽薄なのである。

「なんだかつまんねぇ奴らだな」

と次郎長は思わず歎息した。そもそもが、爪に火を灯すようにして日々を恙なく送り、長生きをするためにやくざになったのではない。少々危なくたっていい。なんなら死んだってかまわないから、毎日、おもしろおかしく、心躍る日々を送りたい。そう思ってやくざになったのだ。

にもかかわらず、こんな軽薄な奴らと一緒に居て、脱け毛だけが増えていく生活になんのおもしろみがあろうや。ありゃしねぇ。おもしろくねぇ。

と、そんなことを思う次郎長であったが、それ以外にもうひとつ次郎長には不満があった。それは、どいつもこいつも醜男揃いでいい男の少ないことであった。

もちろん武州の男がみんな醜男という訳ではあるまい。だが、どういう訳か高萩の万次郎一家、そしてその近隣の人たち、やってくる旅人のなかに、ただの一人も好いたらしい男が居なかったのである。

恋もでききゃあしねぇ。

次郎長はそんなことも不満であった。どうしようかな。清水へ帰るにはまだ早いし、いっそ上州に足を伸ばしてみるか。だけどあっちにゃあ知った親分もねぇし、親戚もねぇから、行ったところでまるっきりの三文奴、苦労をするにはちげぇねぇだろうが、それも男を磨く修行。そして、上州はやくざの本場、いい男にも巡り会えるかも知れねぇ。とそう思うとき次郎長の脳裏に福太郎の面影が浮かび、次郎長は胸の奥に痛みを感じた。

「行こう、上州へ」

その面影を振り切るように次郎長が呟いたとき、「兄哥、兄哥を訪ねてきた人がいやすぜ」と声を掛ける者があった。

「おお、そうかい。そいつは男前かい?」

「いえ、不細工です」

「そうか。ま、いいや。会おう」

ってんで会ってみると、果たしてその男は三河は小川武一から言付かってやってきたのであった。そしてその伝言の内容はというと、「長いこと会わねぇから寂しくってしょうがない。噂で武州・高萩万次郎さんのところにいると聞いたので使いを出す。武州もいいが、やっぱり三州がいいよ。男は三州だよ。可愛い子も多い。戻って来いよ」というものであった。

そうなると矢も楯もたまらず、手紙を読むなり、旅支度をし、次郎長は単身、高萩を後にした。

「どうも長らくお世話になりました」

「そうかい。またいつでも来るがいいや」

どこまでも親切な万次郎親分に道中の小遣いを貰って次郎長、飛び立つ思いで三河を目指して旅立ったのであった。

地獄の年末年始

次郎長が万次郎のところを発って三河へ戻ったのは弘化二年の十二月であった。

「よく、けえってきた」

「おう、また厄介になるぜ」

「おう、そうしねぇ、そうしねぇ」

それだけで通じ合う武一と次郎長、言葉が要らない関係であった。そして武一の次郎長に対する愛は深かった。次郎長が戻って数日が過ぎた頃、武一は次郎長に、

「次郎、おめぇも暮れ方でなにかと物入りなんじゃねぇか」

と言う。図星を指されて苦笑いする次郎長、その次郎長に武一は言った。

「そこでだ、忘年会って訳じゃねぇが御油の末広屋って、おめぇ、知ってるか」

「知ってるもなにも、御油で一番、いい家じゃネーカ」

「そうよ。そこでおまえ、おめぇに賭場を開かせてやろうと、こういう寸法よ。どうだ」

「どうもこうもねぇ、ありがてぇ、ありがてぇ」

と次郎長が大喜びするのも無理はない。宿場の金持ちの旦那方が集まるに違いない賭場をおまえに任せて、うんと儲けさせてやろうというのだから嬉しいに決まっている。

「そいじゃ万事よろしく頼むぜ」

とお願いして、次郎長も武一もその日を楽しみにしていた。ところが。

ここに麩屋の弁五郎という男があって、この男は武一と親しい、胡桃の萬吉という男にぞっこん惚れていた。惚れて惚れて惚れぬいていた。そこでなにくれとなく親切にし、弁当を届けてやったり、寄り添ったりしていた。だが胡桃の萬吉は麩屋の弁五郎の顔つきや体つきが嫌で嫌でたまらず、その都度、それをおぞましいと思い、嘔吐していた。悩んだ萬吉はその事を武一に相談した。相談を受けた武一は、「それは嫌だろう。よしわかった。俺がそれとなく諭してやろう」と言い、麩屋を呼びにやった。呼ばれてやって来た弁五郎に武一は、

「萬吉が嫌がっている。おまえのすべてが気持ち悪いそうだ。つきまとうのをやめてやれ」

と、ド直球で言ってしまった。

好きでたまらない萬吉が、実は自分のことを気持ち悪いと思っているという事実を知らされた弁五郎は衝撃を受け、大量の麩を丸呑みして自殺を図った。しかし死にきれず、嗚咽号泣するうち、いつしか頭の中に、「こんなことになったのもすべて武一のせいだ。な

にもかも武一が悪い」という倒錯した論理を組み立て、そんなことをする武一に復讐したい、と思うようになった。だが武一は剣術もできるし乾分も多い。三文奴の弁五郎になにができよう。なにもできるはずがなかった。そんなことで無念の涙をのむ日が続いていたのだが、ある日、博奕仲間から小川武一が御油の末広屋で大きないたずらをするという話を聞いた。それを聞くなり弁五郎は、「しめたっ」と大きな声を出し、それに驚いて、「なにがしめたんだい」と聞く相手を、「そんないい博奕ができるのはありがてぇと思って」と誤魔化し、「バカ野郎、金持ちの旦那方が集まるんだ。一回に賭ける金だって百両二百両、俺やおめえが勝負できるかよ」と言うのに、「もっともだ。はははは」と笑って誤魔化し、その足で、「おおそれながら」と上役人に訴えて出た。密告をしたのである。

そんな事とは露知らぬ次郎長、火鉢のうえの鉄瓶がしゅんしゅん湯気を立て、灯りが点る末広屋の二階座敷、帳場に座り込んで、せんぐりせんぐりやってくる客の旦那方に如才なく挨拶していた。

畳の上に白い布を張った盆茣蓙の両側、丁座と半座に分かれてお客が座り、真ン中に中盆と壺振りが向かい合って座って、サア、おもしろいことが始まった。旦那方は、このところまともな賭場がなかなか立たなかった、今日は一年の厄落とし、ムチャクチャ遊ぼう、というので、みな景気よく遊んでくださり、儲かってしょうがない次郎長はウハウハであった。一緒にやって来た武一もウハウハであった。中盆を務める者も、壺振りも、お客を案内する若い衆もウハウハであった。心付けをあり得ないくらいに仰山もらった宿屋の女中までもがウハウハであった。

そんな風に全体的にウハウハしている末広屋の前に、まったくウハウハしていない寡黙な集団が立った。そう、次郎長だちを召し捕りに参った、与力、同心、小者あわせて十名ほどの役人どもであった。

与力が同心に目配せして無言で頷くと、同心も頷き、振り返って、背後で早くも気合いを漲らせている小者どもに、「召し捕れ」と小さな声で言った。緊張しきった小者たちは腰を落とし、十手や棒を構えて、ジリッ、ジリッ、と戸口に向かって進んで行く。

「中入る前からジリジリしてどないすんねん。さっさと行かんかあ、ド阿呆っ」

呆れた同心が叫んで腰を蹴ると蹴られた小者はつんのめって中へ這入っていき、それに続いて余の者もゾロゾロ中に入っていった。

「お役人だあっ」

階下《した》に居た三下奴が叫び、それが二階に伝わる。

「ちっ、さしゃあがったなあ。お、灯りを消せ。旦那方、さ、こちらへ」

と次郎長、お客を逃がそうとする間もあらばこそ、役人だち、ドヤドヤと踏み込んできて、さあ、こうなったら手向いしたところで仕方がない、

「神妙にしやがれ」

と言われ、

「へ、恐れ入りやしてごぜやす」

と両の手を前に差し出して神妙に縛に付いた。

何人が逃げ果《おお》せ、何人が捕まったのか。わからない。わからないが大抵は捕まったようで武一も捕まり、宿屋の主も客の旦那方も捕まったようだった。

次郎長たちは赤坂の獄に下された。

「まったく飛んでもねぇ年越しになりゃあがった」

こぼしながら次郎長は牢へ放り込まれた。


その頃の牢内には法の定め以外に、様々な複雑なしきたりがあり、これに背くと、「名主」と謂う、四人の長によって制裁され、それにより死ぬこともあった。

牢へ入るときは格子で囲われた牢の正面と後ろを走る土間の通路で着物を全部脱がされ、持ち込みを禁止されている物を持っていないか改められる。

その日入牢したのは次郎長たちの他、もう一人若い男がいた。次郎長もその男も素っ裸にされ、髷の中まで調べられた。それが済んだので着物を着ていいか、というとそうでもないようで、脱いだ着物を抱えて立っていると、役人が牢内に向かって、「牢入りだ」と呼んだ。そうしたところ、暗い牢の中から、「おー」という男だちの声がした。正面の格

子の右隅に、低く狭い出入り口があり、これを「留口」と謂った。その留口が開かれ、

「駿州無宿長五郎、二十五歳」と役人が言うと、「おありがとうございます」という獣が吠えるような声がした。

「入れ」

張り番の小者がいうのに従い、次郎長が腰をこごめて留口から中に入ろうとするところ、後ろから小者が腰をポーンと突いたからたまらない、

「あとととと」

つんのめって転がり込んだところ、待ち構えていたひとりの囚人が頭からスッポリとお仕着せをかぶせた。もう一人の、仁平というらしい男も同じようにされて、それで二人の囚人ができあがった。次郎長は隣で半泣きになっている若い男の姿に自分を見て、

「情けねぇことになっちまった」

と嘆きつつも牢内の様子を素早く観察した。

牢は間口四間奥行三間ほどの広さで、板張りの床のあちこちに畳が敷いてあったが、異様なのは一枚の畳の上に座っている人数が異なっている点であった。

一枚の畳の上に七、八人が窮屈に座っているかと思うと、或いは四、五人、或いは三、四人で使う奴らもあった。かと思うと畳一枚の上に二人でゆったり座る奴、さらには畳一枚を独占する奴もあった。

そして更に異様なのは、畳を重ねて座る者があるということで、畳を五枚重ねた上に座る者があるかと思うとそのさらに上、十二枚の畳を重ねてその上に座る者もあった。

次郎長と仁平はその畳を十二枚重ねた上でそっくり返っている男の前に連れて行かれ、板の上に座らされた。年の頃、三十五、六の憎々しげな面つきの男である。

男は二人を上から見下ろし、面倒くさそうに、

「ツル」

と言ったが次郎長は何のことだかわからない。「はて、なんのことだ」と訝っていると、仁平が、「へい」と答え、抱えていた着物を噛み破り、なかから金貨を取り出して男に差し出した。これを受け取った男は、

「けっ、たった二分か」

とつまらなさそうに言い、「まあ、いい負けてやれ」と言うと、数人の男たちが、ソロッ、近づいて来て、腕をねじ上げ、襟首を摑んで床に額を押しつけた。そして背後に居た男がキメ板という板を振りあげたかと思うと、仁平の尻めがけてこれを振り下ろした。

バシッ、という音がして、仁平が、ウッ、と呻く。これが数回繰り返されて仁平は解放された。次は次郎長の番である。

「おい、おまえ」

「あっしですかい」

「おまえ、ツルは」

と問われ、仁平が金を出したのを見たから、次郎長はツルというのが金のことを指しているのはわかったが、だけどそんなものは持ってない。そこで、

「ツルはございません」

と言うと控えていた男たちはザワザワし、畳の上で威張りくさった男は、「なんだとお」と腹立たしげに言い、そして、

「ねぇならしょうがねぇ。十分に可愛がってやれ」

と男たちに命じた。男たちは仁平にしたのと同じように次郎長をねじ伏せた。ねじ伏せられた次郎長はむかついたが、「郷に入りては郷に従え、これが牢内の作法ってえならしょうがねぇ、我慢しよう」と敢えて逆らわず、其の侭、じっとしていた。

そうしたところ後ろに居た男たちは、尻といわず背中といわず、さっきよりもずっと力を込めて打った。打たれる度、次郎長は脳天に電気が走るような痛みを覚えたが、

「俺も清水の次郎長だ。そこいらの騙りやコソ泥じゃねぇ。これしきで音をあげてなるものか」

と、つい悲鳴が洩れそうになるのところ、歯を食いしばってそれに耐えた。

罪と罰

やっとキメ板が終わって、これでやっと畳の上に座らせて貰えると思ったらそうじゃない、こんだ、畳を何枚も重ねた上で威張りくさった男が、

「娑婆忘れをさせろ」

と横柄な口調で言った。

娑婆忘れ、というのはこれも御牢内の仕来りのひとつで、これを言った威張りくさった男は名主、所謂、牢名主であった。この場合は名主が自らそう言ったが、多くはそうでなく、手前の、畳を二枚敷いた、三人の囚人のうち一人が代わって言う場合が多かったようである。それには独特の歌うような調子があり、地域によっては文句も概ね決まっていた。それは例えば以下のような文句である。

娑婆からきやぁがった、大まごつき奴《め》、はっつけ奴、そッ首を下げやあがれ、御牢内はお頭、お隅役様だぞ、おうっ、えいっ、一番目に並びやがった一二一六、一候《ぴんぞろ》とり、大坊

主野郎奴、汝《うぬ》がような大まごつきは、夜盗もしめぇ、火もつけ得めぇ、割裂の松明もろくにゃあ振り得めぇ、本多頭に銀煙管、櫛や笄、簪のちょっくら持ちをしゃあがったり、えらい勢いで申す事、まだまだそんな事じゃあるめぇ、堂宮、金仏、本尊、橋々の鉄《かなもの》でも、おっぱずしゃあがって、通りの古鉄買、真鍮の下馬に、小安くもおっ払いやぁがって、二文四文の読み歌留多か、薩摩芋の食い逃げか、夜鷹の揚げ逃げでもしゃあがって、両国橋をあっちへこっちへ、まごついて、大やの初か芋源に突き出されてしくじりゃあがったろう、直ぐな杉の木、曲がった松の木、嫌な風にも靡かんせと、お役所で申す通り、有り体に申しあげろ。

というのはつまり、「お前は屑人間であるが、いったい何をやってここに入ってきたのか。所詮は屑人間だからどうせ大したことはやっていないだろう。正直に言え」とこう言っているのである。

なんのためにそんなことをするかというと、今後、みなで共同生活を送るに当たって、そいつがどんな奴かを事前、把握しておく必要があるが、その最大の評価基準は、どれほどの犯罪を犯したかという点であるからで、火付けや関所破り、といった重大な犯罪であればあるほど箔が付き、こそ泥、公然わいせつといったセコい罪であればあるほど軽侮せられるのである。それを様式化して問答化したのが右の娑婆忘れで、それその問答自体が新入りの囚人にとっては十分に威圧的であった。

　この場合、名主（名を倉三と云った）が自らそれを問うたのである。だから次郎長はこれに答えて、「娑婆忘れ」をせんければならなかった。だけど牢が初めての次郎長はその「娑婆忘れ」という業界用語を知らなかった。そこで次郎長は問うた。

「それはなんのことだ」

　その一言で牢内の空気が凍った。新入りの分際で名主様にそんな生意気な口を利くなんて事は通常、あり得なかったからである。実際の話、牢内における牢名主の権力は絶大であった。例えば、その暮らしぶりに於いても、地獄の沙汰も金次第、なんて言う通り、その頃の牢では、牢役人に賄賂を渡せば食い物だってなんだって自由に取り寄せることができたが、右にも言ったとおり、名主は、ツル、を徴収するなどして金を多く持っており、絹物を着て酒を飲んでいた。

　それだけではなく名主は囚人たちの生き死にを左右する力を有していた。なぜなら新たに入ってきた者に私的に制裁することを牢番どもが黙認したからである。

　ではどんな者が制裁されたのか、というと、一に牢内の掟を破った者、一に娑婆にて古参囚人と関わりがありその恨みを買っている者であるが、だけどそれを一言で言えば、むかつく奴、という事になって、要するに気に入らない奴は随意に制裁することができたのである。

その方法は酸鼻をきわめた。例えば。

牢内の奥には御器口という食事を出し入れする小さな扉があるが、その手前には流しがあり糠味噌の桶がある。この糠味噌を、真冬、裸にして土間に寝かせた囚人の全身に塗りたくり、一晩、放置する。そうしたところ翌朝には半死半生となり、やがて全身に腫れ物ができて死ぬ。或いは塩を食わせて水を飲ませないという制裁、シンプルに寄ってたかってキメ板で殴るという制裁や濡れ雑巾を顔に被せて鳩尾を踏む、後ろから陰嚢を蹴るなどする制裁もあった。ただし絞め殺すことだけはしない。なぜなら首にその痕が残るが、そうすると、牢役人に病死と届けられなくなるからである。

そんな制裁のなかでももっとも過酷だったのは、名主が、「新入りに御馳走しろ」と言った後、行われる制裁で、「御馳走をしろ」と命じられた部下は椀を持って、牢の奥、御器口の反対側にある穴、則ち厠に行き、これに糞を山盛りに盛り、裸にされ、複数人に引き据えられた囚人に箸と椀を持たせ、「遠慮しないで頂戴せよ。遠慮するとお替わり申し付けるぞ」など言い、無理矢理にこれを口に入れさせるのである。勿論そんなものが喉を通るわけがない。そこで、後ろに立つ者がキメ板で背中を打つ。そうするとなぜか御馳走が喉を通る。これが繰り返されて囚人はなんとなく一椀を食してしまうのである。そんなことで苦しみ抜いてようやっと一椀を食べ終えたかと思うと、「お替わりを差し上げげろ」という無情な声が響き、地獄のようなお替わりが運ばれてくる。最大三椀までが慣例であったが、いずれにしても御馳走された囚人は数日後に死亡した。

そんなことで牢名主は囚人の生き死にを左右する権限を持っており、これに逆らうことは則ち死を意味し、誰しもが彼を敬い、畏れ、ひれ伏していたのである。その牢名主様であるところの倉三に次郎長は横柄なタメ口を利いたのだから一同が驚き呆れたのは当たり前の話であった。

そこで二枚敷いた畳の上に座った中間管理職的な立場の囚人が慌てて言った。

「てめぇがなにをやってここに入ったか、申しあげろ、と仰っておられるのだ」

これを聞いた次郎長は鼻で笑った。

「おほほん」

「こら、なにが可笑しい」

と言う中間管理職に次郎長が言った。

「へえ、どうも相すみません。囚人が名主様とか言って威張ってるのがおかしくって、つい」

これを聞いて倉三本人が怒って言った。

「おいっ、若僧。てめぇ、ここが地獄の一丁目ってぇ事を知らねぇのか」

それを聞き、下手に出るのが面倒くさくなった次郎長はついに大きな声を出し、

「やかましいやいっ、木っ端。空威張りもてぇげぇにしねぇと、ひねり潰すぞ」

と言ったかと思うと、立ち上がって倉三に摑みかかり、畳から引き摺り下ろし、仰向けになったところ、馬乗りになって顔面に拳の雨を降らせた。

「やめてください、やめてください」

「やかましいっ」

「すんませんでした。やめてください」

倉三は泣きながら哀願した。その倉三に次郎長は言った。

「やめて欲しかったら、次郎長様、どうかお許しください。一生、次郎長様の仰ることに逆らいません、と言え」

「どうかお許しください。一生、次郎長様の仰ることに逆らいません」

「四つん這いになって三遍回って、わん、と言え」

「はい、なりました。クルクルクル、わん」

「You are good boy! よし、畳をやれ」

ということで牢名主、倉三は末席に移って、次郎長により牢内は民主化された。それはよかったことなのだが、関係者の処分がなかなか決まらず、いつまでここにいるのか。早く決定してくれないかなー、と思ううちに年が明けて弘化三年の夏、ようやっと一同の刑が確定した。

小川武一は所払い即ち追放刑で済んだ、ところが武一の乾分・利吉、宿を貸した末広屋の主・五兵衛、そして次郎長は、敲、と決まった。

敲とは、竹に麻糸を巻いて拵えた、箒尻という専用の棒で罪人の背中を叩く刑罰で、牢屋敷の門前、衆人が環視するなかで行われた。その回数に五十回と百回があり、五十回を軽敲、百回を重敲と謂った。敲と言うと、「なんだ、叩くだけかよ。大したことねぇじゃん」と嘯く猿人間が多数、存在するかも知れない。そうした方は試しに一度、連れか親戚に敲をやって貰うとよい。背中の肉が破れて血が流れて、なお容赦なく振り下ろされる棒の痛みにどこまで耐えられるか。おそらくは、杖《じょう》、十もいかぬうちに、悲鳴と共に、「すみませんでした。なめてました。もうやめてください」と哀願泣訴することだろう。

そんなだから、杖一百の重敲、と決まった瞬間、一同、青ざめた。なんとなれば連れや親戚ならば頼めばやめてくれるかも知れないが、相手が役人の場合、肉が破れようが骨が砕けようが、泣こうが叫ぼうが規定の回数が終わるまでけっしてやめてくれないからである。

だったら泣いたって叫んだって無駄なわけだが、利吉も五兵衛も泣き叫んだ。泣き叫ばずにはいられなかった。肉が破れて鮮血が迸って、塩辛のようになった背中に振り下ろされる棒の痛みは、さほどに深甚であった。

そしてその時、門前には「今日はお仕置きがあるってよ」というので数百の見物衆が参集していた。百敲は今日の寄ってたかっての糾弾、公衆の面前での謝罪と同じく、庶民の娯楽・エンタメであったのである。

　普段は男稼業とか言って肩で風を切って歩き、庶民を威嚇するやくざが、一流の旅館の主が、引き据えられて背中を叩かれて泣き叫んでいる。こんな胸のすくことはなく、見物衆は腹を抱えて笑い、指さし、嘲った。そしてそんななかに、粋な装《なり》をした美男の一群がいた。美男たちもまた、利吉や五平やその他の罪人の情けない姿を見てくすくす笑っていた。

　そしていよいよ次郎長が打たれる番が来た。背中を剥き出しにされ、引き据えられた次郎長はある決意を固めていた。

役人の栄え・虚飾の滅び

くすくす笑う美男の集団がどこの誰だかはわからなかった。なんでそんなところに美男が集まっているのか。役者衆か。或いは何処かの抱え衆なのか。だがそれにしてもあんな美男の前でみっともない姿は見せたくねぇ。そう思った次郎長はある決意を固めた。そう、どれほど打たれても絶対に音を上げない、声を出さない、と心に決めたのである。

というと簡単なように聞こえるが、よくよく考えればこんな難しいことはない。というのはそらそら、そうだろう、家の中で箪笥の角に足の指をぶつけただけでも、「いってぇー」という声が出てしまうが、これを意志して抑えることはできない。なぜならなにも思う前に咄嗟に出てしまう声だからである。

痛い、と言ったからといって痛みが減じるわけではない。誰かが介抱してくれる訳でもない。なのに、痛い、と言ってしまうのは、その語が意味のある語ではなく、もはや呻き声や叫び声と同じような無意味な音声であるからである。

ちょっと足の指をぶつけただけでそれなのだから、竹に麻糸を巻いて拵えた専用の棒で背中を打たれたらどうなるか。咄嗟に声が出ることを押しとどめることはまずできないだろうし、その声は、もはや、痛い、という言葉ですらなく、まるで動物のような悲鳴となるだろう。

それでも意志の強い人間なら最初の十回くらいは歯を食いしばって耐えることができるかもしれない。しかし十回、二十回と打たれるうちに肉が破れてくる。だからといってやめてくれるわけではなく、その傷口へさして情け容赦なく棒が振り下ろされる。血飛沫が飛び、肉はさらに破れてミンチのようになる。

これに至って声を上げないで居ることはまず無理だ、よっぽど我慢強い者でも打たれる度、「ひっ」という声を上げずには居られぬだろうし、普通の人間ならば、悲鳴を上げ、大声で泣き叫ぶに違いない。というか、実際の話、利吉や五平がそうだった。だからといって刑の執行が中止になるわけではなく、それでも棒は振り下ろされる。

骨が砕け、背中が塩辛のようになり、それでようやっと罪人は声を上げなくなる。なぜかというと痛みのあまり気を失うからである。その時は水を掛けて覚醒させてから刑を続行する。なぜなら痛みを覚えないと刑罰の意味がなくなるからである。中途で医師が状態を診ることもあったようである。

そんなことで敲が終わり、解放される頃には罪人は半死半生、誰かに抱えられないと歩くことさえできない状態になって、その後暫くは寝たきりになるのが普通であった。

そんな過酷な刑罰に臨んで次郎長は、「一言も音を上げない」と心に誓ったのである。

なんでそんな無理なことを誓ったのか。

それは男にもてたい一心。

恰好いい男に笑われたくない、ただそれだけの理由であった。それは別の言葉で言えば、見栄そして虚勢である。と言うと普通の人は、「そんなもののために悲壮な決意をするのって意味なくないですか」と思うだろう。

勿論、普通の人にだって見栄はあるし、虚勢を張る局面もあるに違いない。だが、例えば一瞬の見栄のために百万円の服を買う、とか、虚勢を張ってプロ格闘家に喧嘩を売るなんてことはしない。なぜならそんなことをしたら人生が終了して破滅するからである。それ故、ほどよく見栄を張り、適度に虚勢を張って、バランスの中で生きていく。ワークライフバランスならぬ虚栄ライフバランスである。

だけど次郎長らやくざは違う。虚栄を極限まで推し進め、それによって飯を食っている。どうしたって敵わない相手に向かって、「かかってこんかいっ」と喝叫し、これと組み合う。勝つ見込みはない。だからこそ勝った時の儲けは大きい。その万が一の可能性に賭ける。即ち、そう賭博である。彼らにとっては人生そのものが、泡のような格好良さに己の生命を賭ける、一か八かの賭博であったのである。

そんなことで次郎長は痛みに耐えた。歯を食いしばり、顔面を異常に変形させ、百度、背中を叩かれる間、一度も声を上げなかった。おっそろしいほどの虚栄心である。しかし殴る方としては少しくらい声を上げてくれないと張り合いがない。そこで普通以上に力を込めて叩く。それでも次郎長は音を上げない。役人は訝った。

「なんだ、こいつ。痛みを感じないのか」

そんな訳はない。だけどここで一言でも音を上げたら俺は終わる。これは俺の一世一代の勝負。俺の人生最大の難所だ。ここを乗り切れば、ここさえ乗り切れば、その後には栄光に至る道が拓ける。

次郎長はそう心に念じて痛みに耐え、そして虚仮の一念岩をも通す、ついに一言も音を上げないで敲という重い処刑を乗り切ったのである。

やった。俺はやり遂げた。

次郎長は激烈な痛みを感じつつも、痛みに耐えた自分自身に満足した。そしてどうしたか。よく、マラソン中継などで、よい成績でゴールした選手が、満足げでありながら、精も根も尽き果てたという様子で走路の内側に崩れ落ちる光景を屡屡見かける。

だがあれではやくざは務まらない。やくざの場合は運動選手と違って、もう一工夫というか、もうひと頑張りが必要になってくる。それは何かと言うと、それを必死にやっていないという、さほど頑張っていない、という余裕を見せる演劇である。

戦うときは根性丸出しで戦う。だけど戦いが終わったら、腕とかがもげていても、「いっやー、大したことなかったわー」と言う。これが大事なのである。蜀の英雄・関羽は肘を毒矢で射貫かれ、名医・華陀の外科手術を受けた。それは肉を裂き骨をゴリゴリ削るという、激烈な痛みを伴う手術であったが、関羽は、「俺はそんなものは要らん」と言って麻酔も固定具も断り、なんと麻酔なしで手術を受けた。その間、関羽は筆舌に尽くしがたい痛みを感じていたはずである。ところが関羽は顔色ひとつ変えず、それどころか長時間に及ぶ手術中、椅子に座って同僚と碁を打ち、酒を飲み、また談笑などしていたという。はっきり言って気ちがいとしか言いようがないが、やはりそれに匹敵するくらいのことをやらないとやくざとして出世することはできないのである。気ちがい競争って言うか。

というわけで次郎長もそれをやった。

具体的には、普通なら自力では起き上がれず、伸びているところ、よろよろしながらも自分で立ち上がり、脇においてあった着物を芝居がかった仕草で、ばっ、と払うと、さっと羽織り、ヘラッ、と笑って、「どうもお手間をとらせましてあいすみません」と役人に軽く頭を下げたのである。

これを見た群衆は口々に言った。

「あいつ、すげぇ」

「なんてぇ男だ」

「ブラボー」

「ブラボー」

群衆の喝采を受けながら、次郎長は先程の美男の集団を群衆の中に探した。ところが美男の集団はもはやそこにおらず、居るのは垢抜けないおっさんや近所のおばはん、後は年寄りばかりであった。美男の集団は次郎長が死に物狂いで痛みに耐えている間に、飽きてその場を立ち去っていたのであった。

喝采を浴びながら次郎長は虚しい気持ちになった。そしてその次郎長の耳に役人が信じられないことを話し合っているのが聞こえた。役人は同僚に言った。

「なんか刑罰が効いてないみたいですね。もう百、打ちません？」

「ですよね。痛がらないと刑罰の意味ないすもんね。そうしましょう」

これを聞いた次郎長は思わず、「マジかー」と思ったが、文句を言ったところでやめてもらえる訳ではない。しょうがないので、もう百、打たれたが流石の次郎長も今度ばかりは気を失った。

そんなことで、一瞬の見栄のために酷い目に遭った次郎長で、武一の家で疵養生、一月ばかり横になっていたが、疵が治ってくるにつれ、自分がやくざとして生きていくに当たって、どうしてもやらなければならないことがあるのを強く意識し始めた。それは御油の一件を上役人に密告した奴を探し出し、これに制裁を加えることであった。

「こうしちゃあ居られねぇ」

顔を顰めて起き上がった次郎長に武一は言った。

「おうおう、次郎、無理しちゃならねぇ、もう少し寝ていねぇ」

「いや、寝てられるもんじゃねぇ。御油の博奕をお上に指しやがった狗ころを探し出さねぇと」

「そりゃあ、もうわかってる」

「えっ、なんだ、わかってるのか。どこのどいつだ」

「麩屋の弁五郎よ」

「麩屋の弁五郎、あの不細工な」

「そう、あの不細工な」

「そうか。そうとわかったら、こうしちゃ居られねぇ」

「どこに行く」

「知れたことよ。弁五郎をぶちのめしに行くのよ」

「そりゃ、いいな。ところでてめぇは弁五郎の家を知ってるのか」

「知らねぇ」

「じゃあ、行けねぇじゃねぇか」

「あ、そうか。じゃ、すまねぇ。兄弟、一緒に来てくんねぇ」

「あたりめぇだ。弁五郎に酷い目に遭わされたのは俺も同じよ。行こう」

「よし、行こう」

と二人、麩屋の弁五郎宅へ向かった。

やくざの制裁はとどめを刺さない

一方その頃、弁五郎はと言うと、コン吉という百姓の家に隠れていた。村はずれの小さな百姓家、小川武一と次郎長が復讐しに来ることを予測して、いち早く逃亡したのである。

「いいか。俺が匿ってやるから、こっからけっして出るんでねぇぞ」

コン吉はそう言うと弁五郎を家の裏手の物置に案内した。畳二畳分ほどの本当の物置で、農具や肥料などがしまってあった。狭い、汚い、暗い、臭いところであった。案内された弁五郎は板壁の破れ目から外の様子を窺った。裏は畠になっており、少し先の土手には、春うらら、桜が咲いており、その下を行き交う人はみなニコニコ笑い、楽しげであった。

それを見て弁五郎は溜息を洩らし、

「あーあ。他の人は楽しく春を満喫して、中には酒や弁当を持って花見に行く人もある。だのに、なぜおいらだけこんな憂き目に遭うのか。おいら、人を愛しただけなのに」

と独り言を言い、そしてそれ以上、楽しそうな人の姿を見ているのが辛くなったのか、破れ目から目を放すと、物置の隅に積んであった藁の上に背をもたせかけて膝を抱え、

「人を愛するのはそんなにいけないことなのか」

と言って啜り泣いた。


それから暫くしてコン吉方の家の戸の前に二人の男が立った。次郎長と武一である。次郎長が言った。

「ここか、その弁五郎と仲がいい、コン吉って野郎の家は」

「あー、そうだ」

「よし、じゃあ、なか入って聞いてみよう」

と二人、ガラガラ、と戸を開けて中へ入っていった。入ったところは薄っくらい土間で、その先の、やっぱり薄っくらい板敷に背を丸めてコン吉が座って、なにか針仕事のような事をしている。そのコン吉に武一が声をかけた。

「おい、コン吉」

「へっ？　あー、誰かと思ったら小川の武一か。なんだい、なんの用だい。ここに来たからには俺になにか用があって来たんだろ？　言えよ。その用を俺に言えよ」

「言うよ。おめぇのところに弁五郎が来てるだろう。ちょいと用があるからここへ呼んでくれ」

「なんだと思ったらそんなことか。弁五郎は来てねぇよ。来ていたら来ている。来ていたら来ていねぇ。そういう意味で来ていねぇ」

「そんな訳ゃねぇ。弁五郎がてめぇの家の方に歩いてくのを見た奴がいるんだよ。隠し立てすると為にならねぇぞ」

「隠し立てしない。弁五郎は居ない」

「本当に居ねぇのか」

「ああ。居ないですよ」

「だったら家捜しするぞ」

「家捜し？　ああ、いいさ。家捜しだってなんだってするがいいさ。広くもない狭い家だ。押し入れから天井裏から床下までくまなく捜すといい。本当に居ないから。その代わり……」

「その代わり、なんだ」

「裏の物置だけは絶対に捜すなよ」

「おいっ、次郎、弁五郎は裏の物置だ、さっ、捕まえよう」

「合点だ」

他愛なく引きずり出された弁五郎は見苦しく弁解した。

「違う、俺は密告なんかしてねぇ。勘弁してくれ」

「やかましいっ。大人しくしろ」

そう言うと武一は出し抜けに弁五郎の頬桁を殴った。ぐわん。頬骨が粉々に砕けて弁五郎はだらしなく伸びた。

「さ、制裁しよう」

「そうだ、しよう。だけどどうする」

そう問う次郎長に武一は言った。

「どうするもなにも殺せばいいじゃないか」

武一がさりげなく言うのを聞いた弁五郎は、「ぴいいいいいっ」と笛のような息を漏らし、そして小便も漏らした。

「うん、そうだけどこんな意気地のねぇ野郎を殺して長い草鞋を履くのも釣り合わねぇんじゃねぇか。見ねぇ、小便をちびってやがる」

「うわっ、ほんとだ。情けねぇ野郎だ。じゃあ、どうする」

「こんな奴は男じゃねぇ。ひとつ坊主にしてやろうじゃねぇか」

「うん、そりゃいいな」

それを聞いた弁五郎は拍子抜けがしたような心持ちになった。というのは、下手をしたら殺されるかも知れないと思っていたところ、坊主で済むのなら御の字だと思ったのである。だがその期待はすぐに裏切られた。通常、坊主にするためには剃刀を使う。ところが武一と次郎長はそんなものは使わなかった。ではどうしたか。

武一と次郎長は弁五郎を裸に剥いて帯で傍らの木にこれを結わえ付けた。そうして動けないようにした上で、弁五郎の髪の毛を素手で毟り取ったのである。

「ぎゃああああああああっ」

弁五郎の絶叫が四囲に響きわたった。というのはそらそうだ、生えている髪の毛を引っ張ってこれを毟り取るのだから痛いに決まっている。

「静かにしないと駄目じゃないの」

武一はそう言って弁五郎の腹を蹴るなどしながら、それでも毛髪を毟り取り、次郎長は時々殴ってこれを手伝った。

「素手で人を坊主にする、ってなあ意外に疲れることだな」

など言いながら。

そうこうするうちに弁五郎の髪の毛があらかたなくなった。頭から血が流れ、ところどころに毛髪が残って凄惨な姿であった。頭全体にジンジンする痛みを感じながらも弁五郎はもはや声を出す力すら失ってぐったりしている。その姿を見て次郎長が言った。

「うーん。なんか坊主と言うよりは羽根を毟られた鶏みたいだな」

「そうだな。じゃあ、これくらいにしてやるか」

「いやいや、いくらこいつが密偵でもこのまま抛っておくのは可哀想だ」

「どうするんだよ」

「治療してやろう」

「医者を呼ぶのかい」

「うんにゃ、おいらがしてやるよ。ま、見ていてくんねぇ」

「よっしゃ、見てる」

「じゃ、治療してやるからな」

そう言うと次郎長は裏の畠の土に小便をかけて混ぜ、泥団子のようなものを作ると、

「膏薬だよ」と称して、弁五郎の頭部に塗りたくった。塗っているうちに興が乗ってきて、頭部のみならず、首から上全体に畠の泥を塗り、

「なんだか地蔵のようだろ?」

と武一に言い、二人は楽しく笑った。そして虫の息で痙攣している弁五郎をその場に残して、爽快な気分で立ち去った。

後に残った弁五郎はコン吉の介抱でようやっと息を吹き返したが、その後、逐電して二度と三河に戻らなかった。

次郎長、八百ヶ嶽の窮境を救う

恋の恨みで密告した弁五郎を制裁して気が済んだ次郎長は三河を去り、気儘なやくざの旅に出て尾張の知多郡、大野村にやってきた。伊勢湾に面して活気に満ち、海運業も盛んな土地である。ということはどういうことか？　そう、金と物と人が溢れているということである。ということはどういうことか？　そう、娯楽に満ちあふれているということである。そして当時の娯楽と言えば？　そう、演劇と売春と賭博である。

という訳で大野村に足を踏み入れた次郎長は、当たり前のように博奕場に直行した。ここでも次郎長は顔である。博奕宿の前に立った途端、

「あ、これはこれは清水の兄哥ぃ」

と若い衆が頭を下げ、

「ようこそいらっしゃいました」

と言う。次郎長は内心では、えへへ。俺も顔が売れてきた、と満更でもないが、ここで、

「いえいえこちらこそお邪魔します」などとヘコヘコ仕返したら、芸人か商人、そこは平

静を装い、

「おほほ、今日は遊ばせて貰うぜ」とかなんとか、納まり返って、トントントン、と二階へ上がっていく。

二階へ上がると博奕場、上がり端、手前の座敷のところに帳場があって、代貸の何某が座っていて、次郎長に会釈をする。酒、田楽、寿司のようなものが用意してあって客に振る舞われている。みなあまり口をきかないが青い顔をして、落ち着かない様子の奴がいて、

「はは、さては大負けしやがったな。馬鹿な奴だ」と次郎長は思う。

その奥。百目蠟燭に照らされた座敷には畳の上に白い布を敷いた盆茣蓙が設えてあって真ン中に壺振りと中盆が向かい合って座り、丁座と半座に別れて合計二十人程の客が座って大きなイタズラをやっている。

「へっ。やってやがる」

と駒札を受け取らせてもらった次郎長、内心に漲るものを感じながら丁座の、商人風の男と旅の僧の間に割り込んで勝負に加わった。

半刻後。途中から胴を取った次郎長の前には駒札が山と積み上がっていた。

「あっしはこの辺で切り上げますぜ」

そう言って立ち上がった次郎長を僧と商人が酢を飲んだような顔で見上げた。勿論、普通に勝負をしてそんなに勝てる訳はない。次郎長はインチキをしたのであるが、誰もその

インチキを見破ることができなかった。ただ、それだけの話である。この頃、次郎長のインチキの腕は神業級のものとなっていた。

帳場で駒札を金に替えてもらった次郎長は、ずっしりと重くなった胴巻を懐に入れ、さあ、行こう。と思った。だけど。

達人とは言うものの、やはりインチキが発覚すれば大変なことになるので、勝負をしている間は極度に張り詰めており、いざ終わってみるとかなりの疲れを感じていた。そこで少し休んでから行こうと思い、茶を貰い、煙草盆を貰って一服つけ始めた。

そうしたところ、階下から湯帷子を着て風呂敷包を抱えた大男が上がってきて、帳場に包みを渡し、何事かを話している。次郎長の方から顔は見えない。だけどなにを話しているのかはだいたい見当が付く。

「やめとけやめとけ。博奕で儲かった奴なんて此の世にいねぇんだよ」

次郎長はそう思ったが、博奕に狂った人間にそんなことを言ったところでどうにかなるものではないことを知っているのでなにも言わず、その大きな背中を見送って、「さあ、そろそろ神輿を上げるか」と腰を浮かせ掛けたのだが、その寂しげな後ろ姿が妙に気になり、もう一服つけると、脇に居た若い衆に、

「今、行った、あの身体の大きい人、ありゃあ、どこのどなたさんだい」

と尋ねた。

「へっ、あの人は八尾ヶ嶽宗七という角秪でござんすよ」

「なんだい、お相撲さんかい。いけねぇなあ、天下の相撲取りがこんなとこでイタズラしちゃあ」

「ほんに左様でござんすねぇ」

と話すうち、その八尾ヶ嶽が真っ青な顔で早くも戻ってきた。その顔を見て次郎長は思わず、

「あっ」

と声を挙げた。

「どうなさいやした」

「いやいや、なんでもねぇ」

そう言って誤魔化した次郎長の顔が紅潮していた。なぜ次郎長はそのように狼狽えたのか。

その八尾ヶ嶽宗七という角力の顔があの福太郎と生き写しのように似通っていたからである。

頭では、いやいやそんな訳はねぇ、と思う。第一、身体つきが全然違うぢゃネーカ、と。福太郎は背は高いが華奢な体つきだった。それに比べてあの八尾ヶ嶽ってのは、背丈は同じくらいだが肥っている。いくらなんでもあの福太郎があんなに大きくなるわきゃあねぇ。

そう思うのだけれども、いかんせん顔が全く同じだから別人とは思えない。ことによると生き別れの兄弟なんじゃゃねぇか。そんなことを思う次郎長は、そんな風に人の顔をじっと見るのは失禮、と思いながらも盆茣蓙の方から帳場の方にやってくる八尾ヶ嶽から目が離せない。

だが、八尾ヶ嶽はそんな不躾な次郎長の視線にも気がつかぬくらい、打ちひしがれ、力を落とした様子である。

「もし」

と次郎長は思わず声を掛けてしまっていた。

「もし、そこの」

「わっしでごんすか」

「ああ。どうやらペロッと行かれたようだな」

「そんなこと、おめぇに関係ねぇことでごんす」

「うん、関係はないけど、おまえはお相撲さんなんだろ」

「ああ、そうでごんす」

「八尾ヶ嶽宗七ってんだってな」

「うん、そうだ。よく知ってるでごんす」

「まあな。おまえは博奕が好きなんだな」

「そうでごんす。これぱっかりはどうしたってやめられねぇでごんす。お前は本職の博奕打ちでごんすか」

「まあな。まあ、しかしあれだ、稼業《しょうばい》にしている俺がこんなことを言うのはなにだが、博奕ってのは、稼業にしている俺たちでさえ、博奕を打って勝つのは十日に一遍あるかなし、博況してやおめぇさんは天下の相撲取り、博奕を打って勝つなんてことありゃしねぇんだよ」

「面目ないでごんす。しかし今日という今日は困ったでごんす。困り果てたでごんす」

「どうしたんだい」

「いやさ、わっしは次こそ勝つと信じてたんでごんす」

「どうしたってんデー」

「大事の撲裳《まわし》を曲げちまったんでごんす」

「なに、撲裳を抵当《かた》においたってぇのか」

「へえ」

「それで負けちまったのか」

「へえ」

「そしたら、おめぇ、フリチンで土俵に上がるわけに行かず、明日から土俵に上がれねぇじゃねぇか」

「へえ」

「どうすんデイ」

「どうしょうもねぇでごんす」

とそう言って八尾ヶ嶽は悄気かえり、

「あー、もうどうしよう」

と言って天を仰いだ。その目尻から涙が一筋こぼれ落ちた。それを見て次郎長は、その姿に或る種の風情を感じていた。

こんな大男が打ちひしがれて涙を流してるっていいな。そんなことを思った次郎長は気がつくと胴巻を外しにかかっていた。そして次郎長は言った。

「よし、わかった。わっしは今日はうんと目を持ってる。さ、ここに三十両ある。これをみなおめぇにやろう」

「ど、どういうことで」

「その金で撲裳を請け出してきな、と言ってるんだよ」

「よろしいんですかい」

とあまりの驚きと嬉しさに宗七は地金を出した。それまでは、その方が格好いいと思って意図的に角牴ぶった言葉遣いをしていたのを忘れ、つい、やくざ言葉をもらしてしまったのである。だけど次郎長は次郎長で自分に陶酔しているからそれに気がつかず、

「いってことよ」

かなんか言ってそっぽを向いている。

「そ、そりゃあれがてぇ、恩に着るぜ」

そう言って八尾ヶ嶽は帳場に行き、十両を渡して撲賞を取り戻し、残りの二十両を次郎長に返そうとした。だけど次郎長はこれを受け取らない。

「ものは言うべし、酒は買うべし。残りの二十両は意見両だ」

そう言って次郎長は恰好よく去って行った。内心では、「この後、時間ある？」と言いたかった。だけど、それを言わない。言わないで去る。それが男の格好良さ、だと次郎長は信じていた。

そして江戸で相撲を取ったこともあるという八尾ヶ嶽はと言うと、「ごっつぁんです」と呟くのみであった。

そしてそして、そんな両名に視線を送る四人がいた。

因縁／伊勢

八尾ヶ嶽に三十両を恵んでやった次郎長、博奕場をふらりと出て、暫く歩いて、ふと背後に人の気配を感じて立ち止まった。

　次郎長は背後を振り返って見たが誰もおらない。

「うん。誰もいないね」

　次郎長はそう呟いてまた歩き始めた。

「もしかしたら八尾ヶ嶽が追って出てきて、『三十両もの大金を恵んで貰ったのは本当にありがたい。お礼といってなにができるわけではないが、もしなんだったら今晩一晩、お付き合いして、お礼の真似事がしたいでごんす』かなんか言うと思ったんだけど、そんなことはなかったな。はは。あはは。宿へ帰ろう。帰って寝よう」

　そう言って次郎長は再び歩き始め、宿へ戻って部屋に入った。そうしたところほどなくして、表の方から、

「長兄哥」

と声を掛ける者がある。

「誰だか知らねぇが、俺を気安く長兄哥と呼んだな。ま、いいや。入んねぇ」

「へっへっへっ。邪魔するぜ。こんばんは」

と言って入ってきたのは、次郎長も見知った地元のやくざ、小川の勝五郎の身内、秀五郎、竹五郎、相場の佐源次の乾分、松次郎、由太郎の四人であった。

「なんでぇ、てめぇたちか」

「なんでぇ、は御挨拶じゃねぇか。時に長兄哥、今日は随分と儲けたようじゃねぇか」

「ああ、お蔭さんで儲けさせて貰ったが、それがどうかしたかい」

「いや、別にどうもしやしねぇがね、こっちはどうもうまくねぇ。その儲けをそっくりこっちに回してくれねぇものかと、こう思ってね、それでやって来たのよ」

「よくわからねえだが、なに、つまり金を貸せ、とこう言うのかい」

「早く言やあ、そういうこった」

「すまねぇ、兄弟、金はねぇ。八尾ヶ嶽にみんなやっちまった」

へらへらして言う次郎長に向かって、それまで下手に出ていた秀五郎は初めて声を荒らげて、

「ねぇ、てぇんなら仕方ねぇ。インチキしやがったおめぇの、その腕を貰っていくまでだ。覚悟しやがれ」

と言って次郎長を脅した。つまり四人は次郎長のイカサマをしたと因縁を付けてきたという訳であった。さあ、それに対して、確かに身に覚えのある次郎長は言った。

「はははは。おもしれぇことを言いやがる。いいか、手や足なんてもなァ、外して持ってけるもんじゃねぇんだよ。それを持ってくてんだからおもしれえ。どうやって持ってくんだか、俺も見てみてぇ、さ、持ってけるもんだったら持ってけ。さあ。早くしろよ。どうやって持ってくんだい」

と次郎長、最後、強い口調でいうのに四人は一瞬、怯んだが、さっ、と目配せを交わすと、出し抜けに長脇差の鞘を払って、いきなり次郎長に斬ってかかった。

もちろん次郎長に油断はない。

いきなり斬ってくるのをヒラリと躱すと、後ろにあった窓戸を外し、これを左手に持って楯となし、右手にいつ抜いたか、匕首を持って、近づくと突くぞ、という構えを見せる。

そしてその構えに隙がなく、四人は長脇差を振りかざしたまま、

「この野郎」

「覚悟しやがれ」

と悪態を吐くのと裏腹に、じりっじりっ、と後ろへ下がっていく。

あべこべに次郎長は、

「どうすんだよ、腕、持ってくんじゃねぇのかよ」

と言いながら、じりじりっ、と前へ出ていく。

唐紙のところまで追い詰められ四人はもうそれ以上、後ろに下がることができず、

「それ以上、前へ出ると本当にやるぞ」

「来るな、下がりやがれ。下がらないと斬るぞ」

など言って虚勢を張るも、刀を持つ手がブルブル震えている。これを見て取った次郎長、匕首を握った手をダラリと下げ、笑いながら近づいていって、

「あ、そうかい。じゃ、やりな。早くやりな。なんだ、やらねぇのか。やらねぇんなら、こっちから行くぞ」

と初めて大声を出し、匕首を構えた。その途端、四人は、

「こわいー」

「いやよー」

と悲鳴をあげ、先を争って遁走した。そのあまりの弱さに次郎長が呆れていると、階段の下からこわごわ様子を窺っていた宿の者の中から番頭が上がってきて、

「お怪我はございませんでしたか」

と問うので次郎長、

「あ、こら番頭さん、迷惑掛けてすみません。見ての通りなんでもござんせん。これは僅かですが迷惑料、どうか受け取っておくんなさい」

と言って懐から二分金を二枚取り出して番頭に渡した。それを聞いて番頭、

「これはたくさんにありがとう存じます。とにかくご無事でなによりですが、それにつけても先程の連中、あれはなんですか。手前、階下《した》から見ておりましたが、剣呑じゃありませんか。いきなり物騒な物を振り回して、ありゃあ、一体、どこのどなたで、いったいなにがあったのでございましょう」

「なーに、どってことねぇんですよ。強請集りのようなもんで」

「どこのどいつです」

「小川の勝五郎の身内と相場の佐源次の乾分ですよ」

「あー、どおりで見たような顔だと思った。けど、それにしても弱いですね」

「ははは」

「せいぜい言い触らしてやりましょう」

「なんて言い触らすんでしょう」

「相場の佐源次の乾分たち四人が、うちのお客さんを脅しに来たが、弱すぎて、あーた一人に脅されて、怖くなって四人とも泣いて逃げた、と」

「これ、番頭さん。相手は男を売るやくざ稼業、そんな事を言い触らされたらきまりが悪くって此の土地にいられねぇ。そういう事を言い触らすのは……」

「やめておいた方がいいですか」

「どんどんやりましょう」
「ええんかいっ」
という訳で、四対一なのに、喧嘩をする前から怖くなって逃げたということを宿中《しゆくじゆう》に言い触らされ、これを耳にした相場の佐源次はそういう乾分を持っている事によって自分の評判が落ちる事を恐れ、松次郎、由太郎に親子の盃を返させて、破門にした。小川の勝五郎がどうしたかはわからないが、同じく付き合いを断ったと思われる。

数日後。次郎長は伊勢に居た。そしてその次郎長の隣には八尾ヶ嶽宗七の巨軀があった。なぜ、どうして八尾ヶ嶽が次郎長の隣に居るのか。それには訳があった。

どういうことかと、その経緯を簡単に述べると、大事の撲袋《まわし》を曲げて博奕をして負け、土俵に上がれなくなって困っているところを次郎長に助けられた八尾ヶ嶽はまた同じことを繰り返した、則ち、また撲袋を曲げて勝負をし、一瞬で負けて土俵に上がれなくなってしまったのである。そこで八尾ヶ嶽はどうしただろうか。親方のところへ行き、全てを告白した上で、「申し訳ございませんでした」と手を突いて謝っただろうか。

もちろんそんなことはしなかった。

そんな風に責任感の強い人間なら、そもそも撲袋を入質して博奕を打つといったふざけた真似はしないのである。ではどうしたか。そう、逃げた。それも上方方面へではなく伊勢へ逃げた。そして伊勢に逃げた、その理由が伊勢にはいい親分がたくさん居て、博奕も盛んなので、楽しく毎日を過ごせるかも知れない、と考えてのことであるから、ふざけきっている。

一方その頃、次郎長も伊勢にいた。それは賭場で、借金を払い切れなくなった八尾ヶ嶽宗七が伊勢に逃げたという噂を聞いたからであった。

そして四日市の寿司屋で宗七にばったり会ったのである。

「おお、こんなところで会うたあ、奇偶だなあ」

「本当ですねぇ」

って白こいんじゃい。追っかけてきたのやないかい。と一部始終を見ていた人が居たら思っただろう。だけどそんな人は居ない。だから次郎長は油断して会話を続け、そしてすっかり八尾ヶ嶽に心を許した。というのには理由がふたつあって、ひとつは、八尾ヶ嶽宗七が体格こそ違え、その容貌が、かつて次郎長が好きだった福太郎によく似ていたこと、そしてもうひとつは、なんだか初めて会う人のような気がしなかった点であった。

宗七は相撲の興行で各地を訪れており、次郎長が故郷、清水港の事をよく知っていた。次郎長が、「その角を曲がると土手があって」とか、「その先の大きな宿屋は」なんて話をすると、「ああ、あの松並木のある」とか、「ああ、あの娘が淫乱の」など打てば響くようで、話すうち、次郎長は、久しぶりにあった旧い友人と話しているような心持ちになったのである。
だが、次郎長がそう感じるのも無理はなかった。
実は八尾ヶ嶽は長崎で、普通なら到底信じられない体験をしていた。

地獄の南蛮船

弘化四年七月。次郎長は三河で知り合った相撲取り、八尾ヶ嶽宗七とともに伊勢にいた。次郎長は八尾ヶ嶽と離れがたく思っていた。その訳は。

そう。八尾ヶ嶽の顔貌が、かつて次郎長が思いを寄せた福太郎と酷似していたからである。そのうえ、角力の興行で全国、いろんなところへ行ったことのある八尾ヶ嶽は清水港のこともよく知っており、そんな話ができるのも次郎長はうれしかった。

それならば次郎長が、「こいつ、もしかして福太郎本人なんじゃャネーカ」と思ったとしても不思議ではない。だけど次郎長はそう思わなかった。なぜか。

体格がまるで違っていたからである。

福太郎は背ぃは大きいが華奢な男だった。だが今、次郎長の目の前にいる八尾ヶ嶽は筋骨逞しい大男であった。お尋ね者が上役人の追及を逃れるために、歯を抜いたり、酸で顔を焼くなどして、顔の印象を変えることは或いはできるのかも知れない。だが、背格好、これを変えることはできない。

つまり八尾ヶ嶽が福太郎であるはずはないのである。しかし。事実は小説より奇なり。八尾ヶ嶽は次郎長の幼馴染み、福太郎その人であった。

一体、福太郎の身の上にナニがあったのか。

駿府で三馬政をたきつけ、美しい舞いを舞った後、福太郎はその後なにをしていたのか。駿府の裏長屋をスタスタと出てった福太郎は、それより以前、三島宿で盗みを働き、人も数人殺めており、下田の代官がその行方を血眼になって追っていた。その上、今はまだ知れていないがいずれ三馬政が太左衛門に捕まり、今般の画を描いたのが福太郎と知れれば、太左衛門にも追われる身となるはずであった。「だったらもうここには居られねぇ」そう思った福太郎は、長屋を出て、其の儘、出奔、姿を消したのであった。

そして半年後、福太郎は長崎に居た。

その時、福太郎は乞食同然の姿であったという。

だが、さらに半年が過ぎる頃には、こざっぱりした着物を着て、オランダ商館にて手代を務めていた。身より頼りが一切ない長崎で福太郎はいったいどうやって、そんな職を得たのか。その詳細は不明であるが、おそらくはその天性の美貌と人当たりの良さによってであろう、実際の話、福太郎は手代を務めながら、カピタンの愛人であった。

そしてそうやってオランダ商館に勤めるうち、福太郎は密貿易《ぬけに》に手を染めるようになっていった。禁制の品物を私的に売買して儲けていたのである。ところがそれが露見した。

上役人に露見したのではなくして、雇い主のカピタンに露見したのである。

と同時に福太郎が複数の唐人と交際していることも明るみに出て、嫉妬に狂ったカピタンは福太郎をオランダ船の船倉に監禁した。

船倉には複数の若い男がいた。男たちはいずれも虚ろな目をして満足に話すことすらできなかった。食事になにかが混ぜてあると悟った福太郎だが食べずにはいられず、やがて福太郎の意識も混濁し、五色の幻覚に遊ぶようになった。

船倉にはカピタンとともに医師らしき男が出入りしていた。部下を伴ったカピタンと医師は何日かに一度、船倉にやってくると、何事かを相談し、やがて船倉に繋がれた若い男のうち、一名を指さし、部下に連れて行くように命じた。

連れて行かれた男は二度と戻ってこなかった。

福太郎は涎を垂らし、虚ろな目で連れて行かれる男の背中を見送っていた。

そしてついに福太郎が指名された。福太郎は小舟に乗せられ、さらに沖合に碇泊する巨船の二重になった船倉に連れて行かれた。異臭が立ちこめる船倉には異様な光景が広がっていた。船倉には福太郎のような日本人の他、唐人、朝鮮人、安南人、印度人などの、数十人の若い男がいたが、ある者の身体はパンパンに膨れあがって毬のようになり、今にも破裂しそうであった。或いはまた、身の丈が八尺にも九尺にも伸びて、痛いのか断末魔の叫び声を上げている。そして実際に破裂して死んでいる者、身体が縦に千切れて死んでいる者もあり、それらの者の周囲には内臓が飛び散り、或いは、白目を剥き、三斗も血を吐いて横たわっていた。

福太郎はそんな生き地獄のような所に連れて来られたわけだが、その福太郎、実は三日くらい前からなぜか正常な意識を取り戻しつつあった。

しかしそれには明確な原因、則ち、福太郎たちの食事を運んでいた黒ン坊のsabotage＝妨害行為があった。黒ン坊は唐人の上司に叱責されたことからこれを恨み、それ以来、チャランポランな仕事ぶりで、福太郎だちの食事に混入すべき幻覚麻痺剤を捨てて医療混入しなかったり、或いはまったく混入せず、自らこれを服用して夢に遊ぶようになっていたのである。

その結果、福太郎は次第に正常な意識を取り戻しつつあったのであった。

そんな福太郎はまさに生き地獄ともいうべきこの光景に目を瞠り、

「こ、これは」

と呟いて絶句した。そしてそれはけっして他人事ではなかった。数日後から福太郎の身体はゆっくりと変形し始めた。そう、次第に膨らみ始めたのである。

いったい全体、福太郎やその他の男たちの体にナニが起こっていたのか。

それこそが、この南蛮船で実行せられたる悪魔の実験、とでも申すべき、人間の尊厳を土足で踏みにじるような、恐るべき事業計画の結果なのであった。

では実際、この南蛮船でなにが行われていたのか。

折しも機械工業による産業が勃興しつつあった西洋が支配する植民地では、大量の労務者を必要としていた。そんななか、一人の男がある地獄のような合成薬を開発した。それは生き物を三倍に膨らませるスリクであった。

初め彼はこれを鼠に投与した。一週間経って鼠は猫ほどの大きさになった。一か月経つと犬ほどの大きさになった。そして恐るべきことに筋力は十倍になり、肥大した鼠は柴犬やブルドッグを噛み殺しておいしそうにこれを食べた。

冷徹な眼差しでその様子を観察し、ノートに書き留めた後、彼はその鼠を撃ち殺し、死骸を焼却した。なぜなら自分や家族が襲われるかもしれないと思ったからである。そして彼は思った。

これを人間でやったら凄い労働力が確保できるのではないか。

彼はすぐにでも実験を開始したかったが、しかしそれは許されぬことであった。なぜなら神様が作りたもうた人間を膨らまして安価な労働力として使用するなどということが許されるわけがなく、そんなことをしたら神に裁かれて地獄の業火に焼かれると思ったからである。

彼は天才ではあったが気ちがいではなく常識人であった。家族や近所付き合いを非常に大切にしていた。そこで彼は知り合いの銀行家に相談をした。

「こうこうこうこうこう言う訳で素晴らしい発明をしたンだが実験できないんだよね」

そうしたところ銀行家が言った。

「土人でやりゃいいじゃん」

「あ、そっか」

「僕がinvestmentしている商船があるからそれに乗って船でやりなよ」

「感謝する」

「いいよ、いいよ。僕らともだちじゃないか」

という経緯で彼はこの恐るべき実験を実行に移したのであった。

勿論、福太郎はそんなことを知る由もない。知る由もないが、船倉で日々、口に流し込まれる白濁した臭い汁と血管に先に穴が空いた針を刺して注入される黄色い汁が、自分たちが浅ましい姿に変わり果てていくことに関係しているのは観察によって察知していた。

実際、それは恐ろしい光景であった。

それらを飲まされ、注入されて暫くすると、その者の肉体は二倍、そして三倍に膨らんでいく。筋肉が異常発達し、力こぶが盛り上がって、瀬戸物の湯呑みを握り潰すまでになる。だが彼らが暴れることはない。なぜならカピタンの船で福太郎が服用させられていた麻薬をここでも用いていたからで、あれを飲むと、終日、夢幻の世界にたゆたい、白目を剥き、涎を垂らしてアウアウ言うばかりで、暴れるなんて気持ちには絶対にならなかったからである。福太郎は黒ン坊が運んでくる食事に混ざっているその丸薬を巧妙に取り除け、これを飲まないようにして平静を保ちつつ、怪しまれぬよう涎を垂らしてアウアウ言う振りをしていた。

そんななか、被験者は唐突に破局に見舞われる。極限まで膨らんだ被験者は突如として喚きだし、胸を掻きむしって咆吼する。その時、胸の皮が破れて、肋が剥き出しになる。腹の皮が破れて飛び出てきた腸をつかみ出して転げ回る。自分で自分の腕や脚を引きちぎり、噴水のように血を噴出させながら絶叫する。そんな自分地獄のようなことをした挙げ句、ついには絶息するのである。

白い長羽織を着た男がその様子を画に描いて、傍らのやはり白い長羽織を着た男が帳面に何事かを控える。

そんな事が繰り返されるのを福太郎は観察し、「いずれ俺もああなるのか」と恐れ怯えた。

そうこうするうちに、福太郎の身体も膨らみ始めた。

「ついに来たか」

ことによると自分だけは膨らみから免れるのではないか。心のどこかにそんな甘い期待を抱いていた福太郎はそのことに絶望した。

と同時に驚きもした。それはその圧倒的な膂力についてであった。何気なくふっと手にした鉄棒を試みに曲げてみると、まるで飴菓子のように曲がる。拳で殴ると分厚い木の板に穴が開く。

「なんだコリャ」

舌を巻きながらも自分が覚醒していることが露見すればどんな目に遭わされるかわからないので福太郎は夢幻に遊んでいる振りを続ける。

そして膨らみが一・五倍に達した頃より、福太郎の膨らみがピタと止まった。それから先は一切、膨らまぬのである。

「いったいどうなってるんだ。だけど、ことによると俺は他の奴らのやうに膨らみすぎて気が狂って死ぬってことはねえのかも知れない」

福太郎はそう思い、先行きに期待を抱いたが、そうは問屋が卸さなかった。

白い長羽織の男らが、他と違う福太郎の経過に気がつき、これを生きたまま腑分けして調べると言い始めたのである。

もとより南蛮語である。その会話の詳細が福太郎に理解できた訳ではないが、生死の境の極限状態に居て、極度に精神が鋭敏になっている福太郎にはその先行きが漠然と知れた。

万事休す。福太郎、絶体絶命。

どうする、福太郎。

福太郎一代記

福太郎は目隠しをされ、太い牛革バンドで寝台に括り付けられた。次にいつもの黒ン坊が、なにか言いながら福太郎の口に何かを流し込んだ。その味が、福太郎たちが日に二回、服まされていた幻覚麻痺剤に似ていた。この時点で福太郎は、これから自分の身になにが起きるのかを知らなかったが、「これを飲んで麻痺したら不味いことになる」というのは分かったので、飲む振りをして半ば以上を、ダラダラこぼした。だが黒ン坊はよそ見をしていてこれに気がつかず、ペタペタという跫音とともに去って行った。

それと入れ替わりに大声で何事かを議論しながら白い長羽織の男たちが入ってきた。男たちは福太郎の寝台を取り囲み、なお話をしていたが、やがて一人の男が傍らの台の上に置いてある小刀を無造作に取りあげると、これを、ぶすっ、と福太郎の腹に突き立てようとした。だが福太郎の筋肉は鋼鉄のように固く、刃が刺さらない。男が、アレ？　アレ？と言ううち、腹に違和感を感じた福太郎は起き上がろうとした。

だがそれは叶わない。

なんとなれば、福太郎の身体が太い牛革バンドで寝台に固定されていたからである。だけど。

そう、福太郎の筋力は悪魔の薬物によって異常に増強されている。

福太郎が軽く力を込めると、いやさ、普通に起き上がろうとしただけで、ベリベリベリ、と音を立てて革バンドが裂け、或いはまた、ベキベキベキベキ、と音を立てて、金属の固定ボルトが外れた。

福太郎がそんな事をするとはまったく予想していなかった長羽織の男は慌てふためき、咄嗟に福太郎を取り押さえようとし、福太郎は本能的にその手を振り払った。

福太郎としては肩に置かれた手を軽く振り払ったに過ぎない。

しかし福太郎の力はど外れていた。

長羽織の男の手首が砕け、男は衣《きぬ》を裂くような悲鳴を上げ、他の男とともに部屋から逃げていった。

寝台から降りて立ち上がった福太郎は目隠しを引きちぎりあたりを見た。船底の一室であるらしく窓はなかったが、正面に戸があった。福太郎が戸に向かって歩きかけると同時に槍や刺股を持った兵卒が入ってきて、南蛮語で何か言ったかと思うと、槍、刺股をかざして、福太郎に打ちかかってきた。

ぶすっ。

と、本来であれば槍で刺され、痛みに怯んだところを刺股で搦め取られ福太郎は制圧されるはずであった。ところが。右にもいうように福太郎の筋肉は鋼鉄。槍も刺さらず、兵卒が、アレ？　アレ？　というところ、福太郎は、これを軽く払いのけ、その結果、相手の首や腰骨をへし折りながら、なんのストレスも感じず、甲板に辿り着いた。

久しぶりに浴びる陽光であった。

福太郎はクラクラしながら舷側まで歩いて行き、彼方をみやった。天気は晴朗なれど波はやや高く、遠くに陸地が見えた。

それに到ってようやっと追いついてきた兵卒が福太郎を取り囲んだ。そのなかの何名かは銃を構えており、いくら筋肉が固くても銃で撃たれたらかなわない。ついに捕らえられるかと誰もが思うところ、福太郎は勾欄に手を掛け、これを無造作に破壊、海に飛び込んだ。

これを見た兵卒が口々に叫んだ。

「飛び込んだぞ」

「どうしよう」

これを聞いた将官と思しき軍人が言った。以下その遣り取り。

将：どうもこうもあるか。奴を逃がしたら大変なことになる

兵：では、ボートを下ろして追跡しましょうか
将：莫迦っ。貴様、それでも軍人か。恥を知れっ
兵：申し訳ありません。では、どのようにすれば……
将：見なかったことにしよう
兵：見んかったことにするんかいっ。もうえぇわ
将・兵：しゃいならー

という訳で兵たちは自室に引き揚げ、酒を飲んだりうんすん歌留多をするなどして、穏やかな日常に戻って行ったのであるが、一方、福太郎はというと大変なことになっていたというのは。

進退きわまって海に飛び込んではみたものの福太郎は泳ぎをまったく知らなかったのである。波に翻弄されつつ福太郎は悔いた。

「しまった。俺はカナヅチだった。飛び込まずに暴れて全員殺せばよかった」

そう思う福太郎は、それでも異常に増強された筋力でなんとかなるかも知れないとムッチャクチャに手足を動かしたが、波いよよ高く、しこたま水を飲むばかりでどうすることもできず、そのうちに次第に身体に力が入らなくなり、やがて意識を失った。

そして意識を取り戻したとき福太郎は浜辺の番小屋に寝かされていた。海に浮かんで漂っているところを漁師船がこれを見つけ、引き上げてくれたのであった。

何日、海を漂ったのかはわからないが、通常なら間違いなく死亡していただろう。死ななかったのは偏に伴天連の魔薬によって増強せられたる無尽蔵の体力の効能であった。村方の手厚い介抱により健康を取り戻した福太郎は役人の調べを受けた。

だがなにかにつけぬかりなく知恵が回る福太郎は、「すべての記憶を失った」と嘘の供述をし、役人はこれを信じて福太郎の身柄を村預かりとした。

半農半漁の貧しい村で福太郎は村人の善意に包まれ、日々を過ごした。それは、これまで荒み荒んだ生活をしてきた福太郎にとって生まれて初めての心安らぐ日々であった。

人を裏切り、出し抜いてカネを奪い、酷いときには命も奪った。

「俺はいったいなにをしてきたのだろうか。ここの人たちはみんな俺を信じ、よくしてくれる。こんなに汚れた俺を」

そう思った福太郎は決意した。そう。これを機会に生まれ変わろう。よい人間になろう。と思ったのである。

福太郎はその並外れた体力を生かして、漁や耕作を手伝い、やがて村になくてはならない人間として村人たちに、「福さん、福さん」と呼ばれ、頼られるようになった。福太郎はそれが無性にうれしく、名主さんの好意で、ただで住まわして貰っている掘立小屋で幸福を噛みしめていた。

そんな日々が続くうち、福太郎はセス兵衛という百姓の娘・ミヨにいつしか好意を抱くようになった。ミヨも満更ではないらしく、用もないのに福太郎の掘立小屋を訪ねてきては、鍋を磨いたり、洗濯をするなどしていた。となると周囲から、「二人をめあわせてはどうか」という話が持ち上がってくるのが当たり前である。ところが。

そんな話が持ち上がるどころか、或る日を境にミヨがハタと来なくなった。福太郎はこれを訝り、セス兵衛方を訪れ、直談判をした。「ミヨを嫁に呉れないか」と頼み込んだのである。しかし、セス兵衛は、

「おまえはいい人間だと思う。だが、どこの馬の骨とも知れぬ流れ者だ。そんな男に娘をやれる訳がないだろう。身の程を知りなさい」

と言い、鰾膠もない。

自分は村の一員だ、と信じていた福太郎はこの一言に衝撃を受けた。だが、どうしてもミヨと一緒になりたい福太郎は、働いて小銭を貯め、一升買って、とりわけ仲の良い、治兵衛という男の許を訪れた。

「なんとか仲を取り持って貰えねぇか」

と仲介を依頼したのである。ところが、それを言った途端、治兵衛はこれまでとは打って変わった態度で、

「おまえはなにを言ってるんだ。そんなもん無理に決まってるだろう。身の程を弁えろ。第一、ミヨは俺の許嫁だ。わかってるだろうが、おまえ、変な真似しやがったらこの村に居られなくなるぞ。なんて顔すんだい。いいか、俺はお前の為を思って言ってるんだぜ」

と言った。

まさか治兵衛までそんな風に思っていたとは！

かっとなって頭に血が上った福太郎は、もうなにがなんだかわからなくなり、目の前の治兵衛の首をねじ切り、村人を皆殺しにして村を去っただろうか。いやさ、福太郎はそうしなかった。

福太郎は思った。

「いまに見ろ。必ず出世してこいつらを見返してやる」

それは目算のない夢ではなかった。というのは実は十日前、村で相撲興行が行われ、これに飛び入り参加した福太郎は本職の力士をころころ投げ飛ばし、親方から、「おまえなら間違いなく江戸で大関になれる。どうだ江戸で角觝になってみないか」と誘われていた。だがミヨを愛し、この村を離れたくない福太郎はこれを断っていた。

だけどこうなったら話は別だ。江戸で大関になって、こいつらを見返してやる。絶対だ。

福太郎はそう考えて、数日前に村を発った角力の一行の後を追った。

その際、福太郎は名主の土蔵を破って金品を強奪していった。改心した福太郎はすっかり元の木阿弥、いやさ、元々の悪知恵に悪魔の筋力を兼ね備えたバケモノに生まれ変わったのであった。

八尾ヶ嶽の栄光と挫折

村で差別され、復讐心を抱き、江戸相撲で出世をして村人を見返してやる、と決意した福太郎は仙台公お抱えの繰武里《くりむり》の弟子になって八尾ヶ嶽宗七という名前をもらって天下の相撲取りとなった。

八尾ヶ嶽はみるみる出世をした。というのは当たり前だ、四十八手《しじゅうはって》を習う前から、まず体格で並の力士を圧倒していて、「よいしょっ」と立って、両の手をボーンと前に突きだしただけで相手は土俵の外に転げ落ちていく。あっという間に関取になって得意絶頂、肩で風を切って江戸の町をのし歩いていた。

だが、そんな日々は長く続かなかった。

確かに人気ものも凄く、どんなときも今、売り出しの八尾ヶ嶽を一目見ようと多くの見物が押しかけたが、福太郎は内心に途轍もない不安を抱えていた。というのは。

江戸に来て半年。そうした日々が過ぎるうち、福太郎は、筋力の衰えを自覚し始めたのである。それは年齢による衰えであっただろうか。いやさ、違う。福太郎はまだそんな歳ではなかった。ではなになのか。そう。白い長羽織の男によって注入せられた魔薬の効果が次第に薄れてき始めたのである。

全身に漲っていた巌のような筋肉。それによって八尾ヶ嶽はちょっと前までは相手を片手で捻ることができた。ところが今や、吩っ、と気合いを入れ、相手の揉裳《まわし》を摑んだうえで、「よいしょっ」と力を込めて、ようやっと相手を転ばすようになっていたのである。

それでも八尾ヶ嶽が勝つ度、群衆は喜び、口々に、

「やっぱり八尾ヶ嶽は強いなあ」

「よっ、日本一っ」

など言い、そして、

「ヤオガッタケッ、ヤオガッタケッ」

と観客席一体となった掛け声がいつまでもいつまで鳴り止まないのである。

だがそんな中にもごく少数、具眼の士は居て、

「うーん。なんか身体に張りがない」

「動きがおかしい」

「心なしか背も少し低くなったような」

など言いつつ首を捻っていた。

はっきり言って図星であった。思うような相撲ができない八尾ヶ嶽は思い悩んだ末、入

門以来、初めて真面目に稽古をするようになった。周囲の者はそれを見て、

「やはり地位が人を作るんだな。八尾ヶ嶽、大関も遠くないな」

など言い称賛したが、いやいや、そうではなく、今の栄光を失いたくない八尾ヶ嶽が焦って悪あがきをしているに過ぎなかった。そして付け焼き刃のような稽古で筋力が戻ることはなく、八尾ヶ嶽はますます衰えていき、或る日、八尾ヶ嶽は角牴になって以来、初めての負けを喫した。

その日以来、八尾ヶ嶽は急速にやる気を失い、憂さ晴らしに酒を飲み、また、賭場に出入りをするようになった。そうするとますます負けが込む。そうするとこれまで応援していた分、期待を裏切られて腹を立てた群衆は、

「なんなんだよ、八尾ヶ嶽はよ」

「やる気あんのかよ」

「吉原ばっか行ってってっからだよ」

と八尾ヶ嶽を罵倒するようになり、周囲の者も、

「天狗になっている」

「そもそもあいつに大関は無理だ」

「才能がない」

「頭が悪い」

「顔が悪い」

などと批評し始め、それらに腹を立てた八尾ヶ嶽はますます博奕にのめり込み、ついに借金で首が回らなくなり、江戸にいられなくなった。その頃には図体ばかりでかい並の相撲取りに落ちぶれていた。それでも田舎に行けば江戸で人気の八尾ヶ嶽という名前で客は来たし、江戸の客ほど見巧者ではないので、名前と身体の大きさだけで、それなりの給金は貰えた。

だがそれも直に博奕ですってしまい、ついに撲裳まで抵当にとられそうなところ、次郎長に出会った、とこういう経緯であったのである。つまり。

次郎長は八尾ヶ嶽に福太郎の面影を見て親切にしたが、なんのことはない、八尾ヶ嶽宗七は福太郎その人に違いなかったのである。

では一方の当事者、福太郎はこの事態をどう考えていたのか。次郎長に、「実は俺は……」と正体を明かす気にはならなかったのだろうか。というか、そもそも次郎長に対して福太郎はどのような感情を持っていたのか。

結論から言うと、福太郎は次郎長に正体を明かす気はさらさらなかった。なぜか。

それには幾つかの理由があったが、まずあるのは、無宿人・福太郎はお尋ね者であり、このまま八尾ヶ嶽で居ればどこに行っても捕まる心配はないが、もしその実体が福太郎と知れればいつお縄になるとも知れず、相手が次郎長であろうと誰であろうと福太郎はその正体を明かしたくないのであった。

次に福太郎は、もはや相撲に見切りを付け、このまま本職の博奕打ちになろうと考えていた。その為には、いい親分の盃を貰うに如くはないが、もし自分が同郷の福太郎と知ったら次郎長はなんと言うだろうか。

「俺の身内になれ」

としつこく言ってくるに違いない。

福太郎は考えた。

勿論、そんなものは断ればいい。だけどこいつは昔からしつこい。子供の時からそうだった。なにかというとベタベタ俺につきまとってくる。正直言って俺はそれがもの凄く嫌だった。だからあからさまに嫌だという素振りを見せたのに、意思表示をしたのに、こいつは気がつかぬのか莫迦なのかいっかな気にした様子もなく、相変わらずしつこくつきまとってきた。それは今も変わらぬだろう。現に四日市までつきまとってきている。ならば正体を明かさず、どうやらカネは持っているようだから、奢らすだけ奢らして、いい加減なところで別れるのが一番だろう。というか。

そして福太郎はそもそも以下のような観念を持っていた。

俺がこんな境遇になったのはこいつのせい。直と出奔することになったのだって、元はと言えばこいつのせい、こいつさえ居なければ俺は今頃、直と一緒になって米屋の主に収まっていたはず。ところがこいつがしゃしゃり出てきたせいで、俺は清水を出た挙げ句、こんな畸形になってしまった。なにもかもこいつが悪い。いつか俺がやくざになって出世をしたら、こいつをひどい目に遭わせてやりたい。呑気に博奕を打っておもしろおかしく日を暮らしているこいつに俺が味わったのと同じかそれ以上の辛酸を舐めさせてやりたい。その為には正体不明で居た方が都合がよい。

そんなことで、なんにも知らない次郎長とすべてを知っている八尾ヶ嶽は四日市の寿司屋でつるんでいた。

「さあ、ところで関取、おまえ、四日市で行く当てはあるのかい」

酒を飲まない次郎長は茶を飲みながら八尾ヶ嶽に問うた。

「へえ、兄弟分を訪ねて行こうと思ってやってきたのでさあ」

「ほー、そらなんて野郎だい」

と、少しばかり金を融通したからと言って、いちいち兄哥風を吹かせる次郎長を疎ましく思いながら、そんな事は曖にも出さずに八尾ヶ嶽は答えた。

「俺の兄弟分で三九郎って野郎が居るんですがね、気持ちのいい野郎なんですよ。こいつが四日市に居るんでね、そいつンとこへ行こうと、そう思ってるんです」

「そらいいな。じゃ、おいらもその三九郎のところで世話になろう」

「そいつぁ、いい。そうするがいいぜ」

此の儘、ずっと兄哥株で居られたらたまらない。そう考えた八尾ヶ嶽は、少しずつ口調をフラットに修正しながらそう言った。

そして次郎長がそれをどう聞いていたかと言うと、八尾ヶ嶽がそのように打ち解けた話し方をするのを内心、嬉しく感じていた。それだから、

「ところで、おめぇ」

と、一気にお前呼ばわりしたのも気に留めず、

「なんでぇ」

と返事をする。

「おめぇは茶を飲んでいるのかい」

「ああ、そうだよ」

「そうか。おめぇは下戸だからそれで良いかも知れねぇが、こっちは酒飲みで間が持たねぇ。もう一杯飲ましてやってくんねぇか」

「ああ、飲みねぇ。と言いてぇところだが、それが言えねぇ」

「なんでだよ。吝嗇《けち》か」

「吝嗇じゃねぇ、銭がねぇんだ」

「なんでぇ、銭がねぇのか」

「ああ、だが大丈夫だ。その三九郎さんとやらに賭場に連れてってもらえりゃあ、こっちのもんだ」

「博奕で儲けよってのか」

「おおよ」

「措きゃあがれ。博奕ってのは勝ったり負けたりするもんだ。それをおめぇ、やる前から勝つって、いくらおめぇが本職だからって、そらあねぇだろう」

「ほっほっほっ。素人はこれだからいけねぇ」

「お、笑いやがったな」

「ま、論より証拠、とにかくその三九郎さんのところに行ってみようじゃねぇか」

「お、そうしよう」

と立ち上がった二人、三九郎方に向かってさくさく歩き出した。

鈍くさい駕籠／捕縛

次郎長と八尾ヶ嶽（実は福太郎）が四日市の三九郎方にやってくると家の前に駕籠が降ろしてあって、その脇で駕籠舁が煙草を吸っていた。

「あれ、駕籠がいやがるぜ。おい駕篭屋」

「へぇ」

「ここは三九郎さんのお宅かい」

「さあ」

「さあ、って頼りねぇな。おめぇ、この辺のもんじゃないのかい」

「へぇ」

「頼りねぇ野郎だな。伊勢ってな、ぼんくら揃いだな」

次郎長がそう言ったとき、

「ぼんくらって僕のことかい？」

とそう言って家の中から出てきた男があった。背ぃがすらっと高く苦み走ったいい男で

あった。その男っぷりを見て、思わず次郎長が居住まいを正した時、後ろから八尾ヶ嶽が、

「久しぶりだな、三九郎」

と声を掛けた。それに答えて三九郎、

「おお、誰かと思ったら宗七じゃねぇか。久しぶりだな。達者だったかい」

「おおよ。相変わらず銭はねぇがな」

「そうかそうか。達者がなによりよ。で、お連れさんがいるようだが、お友達かい」

と言うのは、同じやくざものか、と尋ねたのである。勿論、八尾ヶ嶽は、

「ああ、やくざもんだ。おらな、こないだうちからこいつには随分と世話になっているのよ。兄弟、ひとつ、おめぇからも礼を言ってくんねぇ」

「ああ、そうかい。お初にお目に掛かります。俺はこの八尾ヶ嶽とは飲み分けの兄弟分で三九郎ってんだよ。兄弟がてぇそう世話になったてな。礼を言うぜ」

「いやいや、どうってことねぇよ。カネを三十両ばかり恵んでやっただけで」

と、次郎長、さりげなく自慢をする。それに対して三九郎は、

「十両から首が飛ぶ世の中に三十両もの大金を恵んでくださるたあ、そらそら、こらこら、兎のダンスだ」

と大仰に驚いて見せ、

「時におまえはなんて名デー」

と次郎長に名を問うた。

「俺は長五郎って言うんだよ。みんなは俺のことを次郎長と呼ぶ」

「おお、おまえが次郎長か。噂にゃ聞いてる。いい男だってね」

「へっへっへっ。ありがてぇ。ありがてぇが三九郎さん、あんた出掛けるところだったのかい」

「うん。これからちょっと桑名まで出掛けるところよ」

「そら悪いところに来たな。出直そうか」

と八尾ヶ嶽に言う次郎長を遮って三九郎、

「おっと、そうはいかねぇぜ。おまえさんたちも一緒に来るがいいぜ」

「どういうこってす」

「へっへっへっ。桑名でおもしろいことがあるのよ」

「おもしろいってのは、つまり、あれすか」

「その通り。おいでおいでの逆さまよ」

「おっ、妙な手つきしたね。ありがてぇありがてぇ。こちとらその妙な手つきが大好物だ。是ッ非、連れて行っておくんなせぇ」

「よしきた。じゃ、おい駕籠屋」

「へえ」

「駕籠を後、二挺頼むぜ」

「へぇへえ」

そう言って駕篭屋はヨボヨボ歩いて、仲間を呼びにいった。その後ろ影を見送って次郎長、

「随分とたよりねぇ駕篭屋だがでぇじょうぶか」

と言うと三九郎は、

「アレでもこのあたりじゃマシな方だよ」

と澄まして言い、その言に次郎長が呆れていると、程なくして戻ってきた駕篭屋が連れてきた駕篭屋は成る程もっとヨボヨボして頼りなく、

「で、でぇじょうぶか。おら、随分と重いぜ」

と気遣う八尾ヶ嶽に、

「ふぁい」

と頼りない返事をしている。しかし、早く博奕がしたい三人は、

「ま、いいや、兎に角、急ごう」

ってんで、駕籠に乗り込んで桑名を目指した。そうしたところ。言わんこっちゃない、三九郎の乗り込んだ駕籠はそれでも、マアマアな速度で進んで行くが、次郎長、そして八尾ヶ嶽が乗り込んだ駕籠は、通常の駕篭屋が、エイホッ、エイホッ、と掛け声を掛けると

ころ、ヨイショ、ヨイショ、ウントコショ、ドッコイショ、と寺参りに行く年寄りが杖をついてヨチヨチ歩いて行くときのような掛け声を掛けている。

次郎長はタレを上げて八尾ヶ嶽に言った。

「おい、宗七よ」

「ナンデイ、次郎」

「わざわざ銭を払って駕籠に乗るのは何の為だい」

「知れたことよ、向こうへ早く着きてぇからだよ」

「そうかい。俺はてっきり遅く行くためだと思ってたぜ」

「なんでそう思うンでぇ」

「だってそうじゃねぇか、おら、さっきから、外を見てるんだが、俺っちの乗った駕籠が歩いてる人にどんどん追い越されてくんだ」

「そうかい」

「そうとも。さっきゃ、車に乗ったいざりに抜かされた」

「そんなバカなことがあるけぇ、と言いてぇところだが、ふんとにそうだな。時に三九郎の駕籠がいねぇが、どこいっちまったんだ。お、遠くにめぇるアレがそうだな。随分とはなされちまいやがったな」

と八尾ヶ嶽は言い、

「おい、てめぇら。こんなゆっくり行ってたんじゃ日が暮れちまうぜ。向こうへ着いたら酒手をはずんでやるからちったあ急いでやってくれ」

と言おうとしたそのときである。

恰度。道が右に曲がって見《め》ぇなくなっている土手の蔭から、まっくろい人影がバラバラバラっと出てきたかと思ったら、駕籠の周りを取り囲んで、なにかワアワア言ってる。

「なんだ、アラ」

「なんだ、アラって、おまえ、あらおめぇ、どう見てもお役人ぢゃネーカ」

「嫌だね」

「嫌とかそういう問題じゃねぇんだよ、見ねぇ、三九郎の野郎、縄打たれてやがる」

「はは、おもしれぇ」

「おもしろがってるバヤイぢゃねぇ、って、ほら言わんこっちゃない、こっちぃ向かって駆けてきゃーがるぜ」

「どうしよう」

「どうしよう、っておまえ、逃げるしかネーだろ」

「じゃ、逃げよう」

ってんで、次郎長と八尾ヶ嶽、駕籠から降りると一散に駆け出した。逃さじと役人は追ってくる。それをなんとか振り切って、次郎長と八尾ヶ嶽は人気のない林の中に駆け込んだ。

「おいっ、次郎、ちょっと、ちょっと待ってくんねぇ、はあっ、はあっ、もうダメだ。息が切れて、もう走れねぇ」

八尾ヶ嶽は木の幹に大きな手を掛けて俯き、荒い息を吐いている。次郎長も同じく息を弾ませ、

「いや、しつこい野郎どもだったな。けどまあ、ここまでくりゃ。でぇ丈夫だ」

「そうだな、けど、吃驚したな」

「ふんとだな」

「で、どうするよ、これから」

「ふんとだな」

「銭もねぇしよ。当てにしてた三九郎はとっ捕まるしよ」

「ふんとだな」

「うどんは旨いしな」

「ふんとだな」

「猿は犬だしな」

「ふんとだな」

「やいっ、次郎、てめ、人の話、聞いてんのかよ」

「おお、すまねぇ、すまねぇ。ちょっと考え事をしてた」

「で、どうすんだよ、これから」

「うん、俺は今、それについて考えていたのよ」

と次郎長、八尾ヶ嶽の目をじっと見つめ、そして静かに語り始めた。

林の中、二人の男に柔らかい午後の光が射していた。

結婚

光の中で次郎長は八尾ヶ嶽に言った。

「俺と結婚してくんねぇか」

八尾ヶ嶽は戸惑った。なぜならその申し出が余りにも唐突かつ突飛であったからである。八尾ヶ嶽は珍しく狼狽して言った。

「そ、それは、おめぇ。無理だ。第一、俺たちは男同士じゃねぇか。男同士で所帯は持てねぇ」

慌てて早口になった八尾ヶ嶽を次郎長は無言で見つめた。

柔らかい午後の日が射す林の中に沈黙が訪れた。次郎長はなにかに耐えるような、苦しげな表情を浮かべていた。そのうち次郎長の顔面がみるみる紅潮し、と同時にその頬が膨らんでいき、それが極に達して、次郎長は、ぷっ、と吹き出すと、そのまま横倒しに倒れ、ヒイヒイ、言い乍ら腹を押さえて地面をのたうちまわった。

肩が小刻みにヒクヒク揺れていた。次郎長は頻りに、

「腹が痛ぇ、腹が痛ぇ」

と言った。のっそり立ってその様を見下ろしていた八尾ヶ嶽は言った。

「おめえ、もしかして……」

そして次郎長が爆笑していることに気がついた八尾ヶ嶽は低い声で言った。

「殺す」

八尾ヶ嶽は転がり回る次郎長の襟首を左手で、ひょい、と摑んで立ち上がらせると、右手で喉輪をした状態で一旦、持ち上げ、地面に叩き落とした。俗に言うchokeslamである。

盆の窪と背中を強く打ち付け、次郎長は、一瞬、息が止まるほどの激痛を覚え、

「痛ぇ」

と叫び声を上げたが、それでも、おもろ味は去らず、

「背中も痛ぇが腹も痛ぇ」

など言いながら顔を顰めて笑っていた。


ようやっと笑いの波が過ぎて、「おいらが本当に言いたかったのは」と語り出した、その内容は一体全体なにだったのか。それは、「清水に帰ろう」という事だった。

次郎長は言った。

「そもそも俺が国を売ったのは小富って野郎と佐平って野郎を殺しちまったからなんだが、

どっこい、佐平の野郎は生きていやがった。あの分なら小富も生きてやがるにちげぇねぇ。そうとわかったらすぐに国に帰りゃよかったんだが、尾張界隈で兄哥だなんだとおだてられて、西へ東へ旅の空。ここらで一遍清水へ帰ってみようと思うんだが、おめぇどう思う」

問われて八尾ヶ嶽は故郷の光景を思い浮かべ、そして複雑な笑みを浮かべて言った。

「いいじゃねぇか。いい考えだと俺は思うぜ」

「そうけぇ、おめぇ、そう思うけぇ、ではそうしよう」

と八尾ヶ嶽が一緒に来ると決めてかかっている次郎長は言い、

「そうと決まったら、さ、行こう」

というので、四日市から一旦寺津に戻り、数日滞在してから、役人の目を警戒しつつ海道を東に向かった。

海道を東に向かった次郎長、清水を出たときは仁義の切りようもろくに知らない半端なやくざだったが、尾張、三河、遠州あたりでは名前が売れて兄弟分も多い。いい感じで旅をして、だけど駿河に入るとそれほどでもないので、コソコソ通過し、弘化四年の十一月の二十日、清水港に帰着した。

「いやさ、懐かしいなあ」

と次郎長、頻りに周辺を見回している。

八尾ヶ嶽は変顔をしている。

「なんデー、その顔は」

「いやさ、俺はそもそもこんな顔よ。普段、変顔をしてるのさ」

「疲れねぇか」

「疲れるよ。だから休みてぇ、今日はどうするんデー。どっか泊まんのか」

「泊まるほどの銭もねぇ。俺の兄弟分で江尻の大熊って奴が居る。そいつンとこへ行こうじゃねぇか」

と大熊のところへ行く。

「おお、次郎、帰ってきたか」

と大熊よろこんで次郎長だちを泊め、あちこちの賭場へ出掛けていってはおもしろいことをして遊んだり、人の頼まれごとを聞いたりするうち、旅人が、「次郎長兄哥のお宅はどちらで」と訪ねてくるようになった。そうなったら大熊ン家では手狭ってことになり、日頃から次郎長の男ッぷりに目を掛け、時折は資金も出してくれていた地元の松万という旦那が、「おめぇも、そろそろ一家の看板を上げたらどうだい。僕が少し金を出すよ」と言ってくれたのを幸いに、手頃な家を一軒借り、次郎長一家の看板を掲げた。川縁《かわべり》の家であった。

家には常時、若い者が四、五人、ゴロゴロしており、且つ又、ひっきりなしに旅人がやってくる。旅人が多く訪ねてくるということは、それだけその親分の評判がいい、ということでなによりも名を上げることが大切な任侠の世界ではこれはもう、非常に喜ばしいことなのだけれども、さあ、そうなると女手がないとどうしようもない。

そんな時、松万の旦那が、ぶらっ、と次郎長方を訪ねてきた。

「これはこれは、松万の旦那、言ってくださりゃあ、こっちから伺ったものを」

「いやいや、いいんだ次郎、そんなことより、どうだ、こないだの話は」

と言った。こないだの話というは、次郎長一家の窮状を見かねた松万が先般より次郎に持ちかけていた縁談で、大熊の妹・蝶なるものを嫁に貰わないか、という話であった。

これより十日ほど前。「話がある」と呼び出され訪ねていって松万からその話を聞いた次郎長は驚愕して言った。

「なにを仰います、お蝶ちゃんはまだ子供じゃァネーですか」

それを聞いた松万は、

「おまえがそう思うのも無理はねぇ」

と言って笑った。松万は吸い付けた煙管を、ぽん、と叩くと、奥に向かって、

「おい、こっちへ入《へえ》んねぇ」

と声を掛けた。次郎長がそっちを見ると奥に誰か居る様子、それとわかった次郎長は、

「どなたかいらっしゃるんで」

と言う。

「いや、なになに」

と松万が言ったと同時に座敷に入ってきたのは蝶その人であった。

その顔を見て次郎長は思わず息をのんだ。子供だと思っていた蝶が大人の女に成長していたからである。

「どうデー、気に入ったかい」

「いやさ、俺は……」

と口ごもって、次郎長なにも言えず、蝶の顔をまともに見ることもできない。


「貰う気になったかい」

奥の座敷に通された松万は次郎長に問うた。

「いやー、わっしは女はどうも」

「ダメか。ってことはおめーは男専門か。それとも受ける方か」

「いや、そういう訳じゃねーんですが」

「だったら貰えばいいじゃねーカ」

「そうなんすがね」

「お蝶じゃ気に入らねぇか」

「そんなこたぁござんせん。すっかり縹緻よしになってたんで驚きましてございます、ただ……」

「ただ、ナンデー」

「女ってのは面倒くさくねぇですか」

「どういうコッテー」

「いや、わっしの養母の直《なお》なる女なんてなー、そらもう面倒くさい女でござーあしてね、あーたも御存知でしょう。死んだ親父もあっしのあの女の為にえらい苦労をさせられました。それを思うと嬶を持つなあ、どうも気が進まねぇ」

「バカ言っちゃいけねぇ。お蝶は見た目は女らしいが気性のさっぱりした、男みてぇな女よ。役者と逃げたお直なんぞたぁ大ちげーだよ」

と松万がそう言ったとき、表の方《かた》から、「へっくしょい」とくしゃみが聞こえた。

「誰かそこにいるのか」

「ああ、俺だよ」

「おお、八尾さんかい。どうした」

「お客人に茶を持って来たんだよ」

「今更かい、遅いじゃねーか」

「すまねぇ、家にお茶請けがなかったから買ってきたんだ」

「おお、そうか。なんだこりゃ、蓮根か」

「いや、豚の丸焼きだ。豚の丸焼きの鼻の部分だよ」

「なんで、そんなもん買ってくんだよ」

「だから、お茶請け……」

「豚の鼻がお茶請けになるか、バカ」

「バカでわるかったな」

「わるかったよ。旦那、気が利かなくて相済みません。なんせ男所帯で」

「笑わしよんな。けど、ほらね。だから女房を貰え、つてんだよ」

「そうでやすねぇ」

と思案する次郎長に八尾ヶ嶽が言った。

「時に親分」

「ナンデー」

「今日は旅人が多くて、晩飯に米を一斗炊かなきゃなんねぇんだが」

「だったら炊きゃいいじゃネーカ」

「その米がないんで」

「だったら買いにいきゃいいじゃネーカ」

「その銭がねぇ」

「バカ。旦那の前でそんな話をする奴があるか」

「ほれみろ。そんな所帯のやり繰りをするのも女房次第だ。な、次郎、悪いことは言わねぇ。お蝶を貰え」

「うーん、そうでやすね」

「いいな、決まったな」

「へ、へぇ、じゃ、もう、いろいろ考えるのも面倒だ。貰いやす。くださいい」

「くださいい、って奴があるか」

という訳で、途中で面倒くさくなった次郎長が、くださいい、と言って大熊の妹・蝶が次郎長に嫁《か》してくることになったのである。

男の貫禄・女の始末

江尻の大熊の妹・蝶を嫁に貰ったことが次郎長に何を齎したのか。そりゃあ、いろんな事を齎したが、やくざとしての次郎長の評価には間違いなく良い影響があったと言える。それは人間の出世ということの本質に関わる問題であった。

会社員、役人、運動選手、芸人、商人、職人、カネ貸し、学者、医者、代言人、魔法使い、チンドン屋など、此の世には書き切れないほど色んな職種がある。そしてその中で出世をする人としない人がある。その違いはなになのだろうか。能力の違いなのだろうか。それもある。それもあるが、中には能力があるのにもかかわらず出世できない人もある。それから、それほど能力がないのに出世をする人もある。まったく無能な人は出世をすることがない。

なんでこんな事になるのか、ということだが、そうなるのは、出世と業績には関係はあるにはあるが、それほどでもないから、であろう。

なんでそうなるかというと、人がなにかをして、それが結果に結びつくまでに時間がかかり、そのうちに因果関係が不明確になってしまい、誰がなにをしたからこの結果が得られたかが判らなくなってしまうからである。

じゃあなにが出世の決め手となるかというと、それははっきり言って、周囲・世間の評判、である。

或る時、誰かがポツリと、「甲っていいよなあ」と言う。その時、同じように感じていた人がそこに居たらどう思うか、というと間違いなく嬉しく思う。なぜなら自分と同じ考えを持つ人間と偶然に出会うことは人間にとってきわめて喜ばしいことであるからである。バイト先で、世の中にはあまり知られていないが自分はとてもいいと思っているミュージシャンの名を、よく知らない同僚が口にするのを聞いて、とても嬉しくなるのと同じである。

そして嬉しくなるだけでなく言う。

「マジか。実は俺も前からそう思ってたんだよ」

と。意気投合した二人はそれ以降、さらに熱心に甲を支持するようになる。こうした支持者の小グループがあちこちで同時に生まれると、その人は出世をする。つまり評判によって出世をするのである。

それは本来、自然発生的に生まれるもので、その場合、評判は業績と密接に関係している。

しかし、ひたすら出世を願う者も世の中にはいる。そういう人は以下のように考える。

「俺は出世がしたい。その為には評判を取らなければならない。その為には業績を上げなければならない。だがそれには時間がかかるし、業績などというものは上がったり上がらなかったりするもので、努力して業績が上がらなかったら時間の無駄。ならば最初から出世に直結する評判を上げることに全力を傾注すべきではないか」

そうして、各方面に配慮を怠らず、人間関係に最大限配慮をして、身なりや言動にも気を配ってイケてる感を演出、時には他人の業績を自分の業績に見えるような工作もして評判を上げる。

それが功を奏して評判が上がれば、目論見通り出世をしていくし、それがしらこいと思われて逆に評判がだだ下がりに下がって、まったく出世できず、夜な夜なSNSで世の中を呪詛しては酔い泣きして無意味な一生を終える場合も間々見受けられる。

しかしマア出世をしようと思ったら評判が大事になってくるのだけれども、では次郎長の場合はどうだったかというと、なにがあってもビクともしない鋼のような肝っ玉、金銭に執着しない気前の良さ、剣術修行で鍛えた隙のない身のこなし、他人に対する細やかな気配り、博奕の強さ・喧嘩の強さなど、利口でなれず莫迦でなれないやくざが備えているべき美点を概ね備える次郎長の評判は、海道のやくざの間に知れ渡っていた。

「次郎長ってのはいい男だってナー」

と旅人は行く先々で喋りたくっていたのである。しかし。それは飽くまでも旅人・清水の次郎長としての評価であって、一家を構えた、親分親方としての評価はまた別である。

「〇〇ってのはいい男だ」

と言ってそいつと博奕場に行って遊ぶ、というのと、

「〇〇って親分はてぇした貫禄だってナー。行って世話になるか」

と言ってその親分のところに宿泊する、というのでは評価の基準が違ってくる。どう違うかというと、マア、こんなことは言いたくないが、言わないと判らないので言うと、それはマアはっきり言ってカネである。

やれ義理だ、人情だ、と言ったところで、それを美しく保つためにはカネが必要だ。それでも一緒に遊ぶ場合は、カネよりも、義理や人情に属する、侠気・気っ風の良さ、みたいなものが重視される。連れだって博奕場に行き、ペロッ、と取られて衣服も剝ね、ともども丸裸で帰った。なんて逸話は、時に武勇談、時に笑い話にもなって、互いの友情・連帯を深めるのに役立つ。

だけど、「あの親分のところへ行ってみたが、貫禄はねぇうえに、とんでもねぇシブチンで、小遣いはおろか、飯も満足に食わせてもらぇネー」となると、いい噂はなかなか広まらないが、悪い噂はすぐに広まって、「あの親分はダメだ」という評価が定まってしま

う。
　しかし、その親分だって根っからの吝嗇ではなく、できれば客人をもてなしたい、と思って居るのである。だけどやくざの付き合いにはカネがかかる。いい賭場をたくさん持っていれば、そこから上がる収益によって、客人に充分なもてなしができる。だが、それがなければ、どうなるか。ない袖は振れず、かといって、やくざ社会のシステム上、客人に帰ってくれ、と言うことはできず、どんなにカネのないときでも一宿一飯と草鞋銭だけは必要で、それが度重なるとどうしても、待遇を悪くせざるを得なくなって、そうすると評判は、当たり前の話だが、落ちる。

　つまり一家を構えた親分がやくざ社会でのしあがっていこうと思ったら評判を上げなければならず、そのためには金が必要なので、一方で節倹・節約して合理的に振る舞いながら、一方では豪放磊落に金を遣う、という使い分けをしないとあかぬ、とこういう訳なのである。

　しかし御存知のように、なんでかは知らぬが、生来ロマンを追いたがる男というものは、現実を見据えて合理的に振る舞うのが苦手で、明日中に払わなければならない電気代として取って置いた金でなんか知らんが、いい感じの壺を買ってしまい、翌日、暗やみで壺を抱いてヘラヘラする、などしがちである。男の中の男を目指すやくざはその傾向がいっそう顕著で、夢を追って、普通の人間の年収に匹敵する金額を壺皿に託し、二秒で全額を失うなどするのである。そういう風にバランスを欠いていればいるほど、男の社会に於いては称賛される。

それ故、家にはいつもカネがなく、旅人をもてなすことができない。

そこで大きくなってくるのが一家を束ねる姐さん、という存在である。つまり、締めるところは締め、遣うところでは賢く遣う、てなことができる姐さんがいると、親分の評判があがる。

そしてそこにはカネもそうだがそれを超越する細やかな心遣いというものがある。それも男にはできないことだ。男はそんなことに気がつかないのだ。小遣いに心遣いが加わると、それはもう最強だ。親分の評判は爆上がりに上がる。ただし。

女だったら誰でもそれができるという訳ではない。男にもいろんな男がある。同じく女にもいろんな女がある。「節倹」「気前の良さ」「親切度」「愛嬌」「頭の良さ」といった項目を多角形のレーダーチャートで表す時、「節倹」の数値ばかり高く、「旅人への親切度」や「気前の良さ」が低い場合は、旅人が飯をお替わりしようとすると睨む、みたいなドケチな姐さんになってしまって、評判が下がりまくるし、「節倹」は低く、「気前の良さ」は高かったとしても、「親切度」が低いと、自分の櫛や着物をがんがん買うくせに、旅人や乾分には、粗末なものしか食わせない、ということになって、これまた評判が上がらない。

つまりいい姐さんというのはそのすべてが高いのだけれども、じゃあ、次郎長の女房となった蝶はどうであったかを、右に挙げた五項目で言うと、すべて満点で、レーダーチャートが美しい正五角形となる、美事な姐さんぶりであった。

ことに旅人の面倒をよく見た。その際の基本方針となったのは、「相手の身になって考える」という事であった。その時、蝶は、「旅人に親切にすれば次郎長親分の名が上がる」とか、「よい帯や着物、櫛笄を身につけていれば可愛いと思われる」といったことは一切考えなかった。そうではなく蝶は、「どうやったら相手がよろこぶか」ということだけを考えた。

やくざの旅は辛い。次郎長がそうであったように、人を殺すなどして役人に追われる身となり、他国に逃れるのを「急ぎ旅」、そうでない旅を「楽旅」といい、急ぎ旅はともかくも、楽旅は、その文字面を見て、呑気で好い、と思いがちだがなかなか。それは男を磨く旅で、何処に泊まるにも、「なんだ、こいつは」と思われないよう仁義やなんかもキチンと切らなければならないし、立ち居振る舞い、身のこなし、言葉遣い、喧嘩の腕前、すべてが他の評価の対象であり、家に居るような寛ぎなどどこにもなかった。そんな時、一家の姐さんに親切にされたらどれほど嬉しいか。ムチャクチャ嬉しいに決まっている。

そして、「足の向くまま、気の向くまま」に旅をする旅人の間で、「清水の次郎長はいい」という評判が広がり、「そうかい、じゃあ、行ってみようかなあ」と、清水一家には次から次へと旅人がやってくることになったのである。

そしてその全員が蝶のもてなしに感激して旅立っていき、あちこちで、次郎長を褒めそやし、これにより、次郎長と次郎長一家の評判は頓に高くなった。

その蔭には女房・お蝶の存在があったのであり、このように男の出世には、どんな女を女房に貰うかが深く関わっているのである。

それは大変に良い事だったが、しかし困った事がひとつあった。それはずばり、銭、の問題である。というのはそらそうだ、これが宿屋なら客が宿賃を払ってくれるから、大儲けである。だが、旅人はカネを払わない。それどころか、飯を食って、寝て、発つ際には草鞋銭を持たせてやらねばならず、客が来れば来るほど大損をするというシステムになっている。

この頃、次郎長一家では日に六斗の飯を炊いた。当然、銭は足らない。だが、やくざが商人のように十露盤を弾いて、始末節倹、才覚をすることはできない。

「なんか疲れるなー、と思ったら懐に百両も入ってるやんか。重た。捨てよ」

と言って田の溝に百両捨てるとか、そんなことが格好いいとされる屑の業界である。だからそうしたやり繰り算段も蝶の腕に掛かってくる。時に蝶は自分の着物や帯やなんかを売って急場を凌ぐなんてこともした。

つまり次郎長の婚姻によって初めて清水一家は組織の基盤を確立したと言えるのである。

そんなことで婚姻を切っ掛けとして次郎長は、自分がこれから大きな親分になっていくことを予感した。

或る日、頼まれ事があって知り合いの商家にまねがれ、用談が済んで、鄭重な見送りを受けた次郎長は川縁を歩いた。

日の影が濃い。

歩きながら、次郎長は同じ家の、同じ人の、かつての自分に対する扱いを思い出していた。

太陽の光はどの人にも等しく降り注ぐ。人だけではない。山にも野にも道にも家にも。同じように光を浴びて枯れる草もあれば育つ草もある。花を咲かせる木もあれば枯れる木もある。

どうせなら花を咲かせよう。そして散るときが来たら未練を残さず散ってやろう。そして末の世に次郎長という男がいたことを、その名を残してやろう。それが俺の男の愛だ。

そう思いながら次郎長は二本の足で大地を踏みしめて歩いて行く。

その後ろ影には華やかな孤独の香りが漂っていた。

町田 康（まちだ・こう）

一九六二年大阪府生まれ。作家。一九六年、初小説「くっすん大黒」でドゥマゴ文学賞・野間文芸新人賞を受賞。二〇〇〇年「きれぎれ」で芥川賞、二〇〇五年『告白』で谷崎潤一郎賞など受賞多数。

男の愛

俺たちの家

二〇二五年一月一日　第一刷発行

著者　町田康

装画　巻田はるか

ブックデザイン　鈴木成一デザイン室

発行者　小柳学

発行所　株式会社左右社

一五一-〇〇五一
東京都渋谷区千駄ヶ谷三-五五-一二　ヴィラパルテノンB1
TEL　〇三-五七八六-六〇三〇
FAX　〇三-五七八六-六〇三二
https://www.sayusha.com

印刷・製本　創栄図書印刷株式会社

 ISBN978-4-86528-450-8